치유마법의 잘못된 사용법

~전장을 달리는 회복 요원~

Vol. 9

쿠로카타
KUROKATA

【네아】

【우사토】

【페름】

【나크】

【로즈】

【프라나】

【아마코】

등장인물 소개

치유마법의 잘못된 사용법

~전장을 달리는 회복 요원~

Vol. 9

저자 **쿠로카타**

일러스트 KeG

치유마법의 잘못된 사용법
~전장을 달리는 회복 요원~ Vol. 9

CONTENTS

구명단 수칙
~[특별 사항] 부단장의 마음가짐~

하나, 그 직함에 걸맞은 행동을 명심할 것

하나, 유사시에는 단장을 대신하여 단원들을 이끌 것

하나, 단련은 늘 게을리하지 말 것

❀제1화 로이드 왕에게 보고할 준비!!

우리 일행과 이누카미 선배는 서신 전달 여행을 끝내고 마침내 링글 왕국에 귀환했다.

오랜만에 재회한 친구 카즈키가 우리 모습을 보고서 감동한 나머지 눈물지은 것이 인상적이라 나까지 울 뻔했던 것은 비밀이다.

링글 왕국의 왕, 로이드 님에게 여행의 결과를 보고한 후, 이 세계에서 내 보금자리가 된 구명단 숙소로 돌아가게 되었다.

그곳에서 변함없이 험상궂게 생긴 녀석들과 마족 페름, 그리고 루크비스에서 헤어졌던 나크와 재회했다.

나크가 정식 구명단원으로서 이곳에 있는 것이 내 일처럼 기뻤다. 내가 추천했기 때문이라서가 아니라, 나크가 새로운 길을 걷기 시작하게 된 것이니까.

그리고 구명단 단장인 로즈와의 재회.

여행하면서 무슨 일이 있었는지 이것저것 이야기하자 너무 무모하다고 조금 혼나고 말았다.

그리고 내가 얼마나 강해졌는지 확인할 겸 네아의 실력도 보고 싶다는 로즈와 모의전을 벌이는 것이 확정되고 말았다.

여행하면서 다소 강해졌다고는 생각하지만, 내가 로즈를 이기는 장면은 도저히 떠오르지 않는다…….

9

***

귀환한 후에도 나는 구명단원으로서 매일매일 훈련에 힘쓰고 있지만, 오늘은 서신 전달 여행 중에 일어났던 일을 다시금 보고하기 위해 성에 가게 되었다.

귀환하고 로이드 님에게 바로 보고하려고 했으나 로이드 님 쪽에서 피곤할 우리를 걱정하여 정식 보고는 나중에 해도 된다고 말씀해 주셨던 것이다.

성안에 있는 한 방에 나, 아르크 씨, 그리고 아마코와 네아가 모였다.

준비된 의자에 앉은 우리 앞에는 여행을 떠날 때 나와 아마코에게 서신 전달 루트 등을 설명했던 여성, 알피 씨가 앉아 한 손에 펜을 쥐고 보고서 작성을 준비하고 있었다.

"우사토, 그러고 보니 단복은?"

옆에 앉은 아마코가 내 옷을 보고 고개를 갸웃했다.

성에 올 때는 언제나 단복을 입던 내가 안 입고 있으니 이상한 거겠지.

"아~ 구멍이 뚫렸으니까. 단장님이 수선을 알아봐 준다고 해서 맡기고 왔어."

"하긴, 구멍이 잔뜩 나 있었지. 게다가 해지고 지저분했고."

긴 여행을 함께 극복한 증거이기도 했다.

내게 단복은 파트너나 다름없을 만큼 소중했다.

"준비가 다 됐어요. 그럼 시작해도 될까요?"

"네."

알피 씨에게 고개를 끄덕이고 자세를 바로 했다.

말로 보고하면 시간이 걸리는 데다가 중요한 내용을 빠뜨릴 가능성도 있기에 알피 씨가 보고서로 정리하게 되었다.

"아~ 기대돼요~. 파란만장한 모험담을 들을 수 있다니! 상상을 초월하는 경험을 하셨다고 해서 어제는 너무 기대돼서 잠도 못 잤어요! 그럼 우사토 님, 제가 보고서를 쓸 테니 편안하게 여행 이야기를 해 주세요! 예? 그렇게 빨리 쓸 수 있냐고요? 걱정하지 않으셔도 돼요. 직업상 속기는 익숙하거든요!"

"우사토, 이 녀석 말이 너무 길지 않아? 말이 너무 빨라서 절반쯤밖에 못 알아들었는데."

"이 사람은 전혀 변하지 않았구나."

흥분한 알피 씨를 보고 네아와 아마코가 조금 질색했다.

알피 씨와 만난 적은 한 번뿐이지만 임팩트가 강해서 기억하고 있었다.

"아르크 씨, 제가 이야기하는 편이 좋겠죠?"

"네. 기억이 잘 나지 않는 부분은 저희가 보충하겠습니다."

이야기할 내용이 뒤죽박죽 섞이지 않게 머릿속으로 순서를 정해서 이야기하자.

"그럼 먼저 루크비스를 출발한 이후에 관해 이야기할게요."

사마리알에 가는 도중에 네아에게 속았고, 그 결과 사룡과 싸워야만 했던 사태를 이야기했다.

잔뜩 들떠서 이야기를 듣던 알피 씨의 표정은 이야기가 진행될수록 딱딱해졌다. 그리고 어째선지 의기양양한 얼굴인 네아를 보았다.

"으음, 거기 있는 네아 씨가…… 우사토 님의 사역마이자, 흡혈귀이자, 네크로맨서로…… 사룡을 되살린 장본인? 왜 사마리알에 도착하기 전부터 그런 사태가 벌어진 거죠? 제가 들은 이야기보다 훨씬 큰일을 겪으셨잖아요……."

다음으로 사마리알에서 일어난 일을 이야기했다.

사마리알의 왕인 루카스 님이 서면으로 로이드 님에게 사건을 대강 전했기에 나도 솔직히 이야기할 수 있었다.

"사마리알의 저주?! 서신을 전달하러 갔는데 왜 그런 뒤숭숭한 일에 휘말리신 거죠?! 엇, 유령에게 물리 공격이 통했다고요? 어째서 유령을 때리려고 하신 거예요?!"

혼나고 말았다.

다음으로 미아라크에서 있었던 일을 보고했다.

"미아라크에서 보고했기에 알고 있었지만, 용인에게 맨손으로 덤벼들다니…… 우와……."

완전히 질색한 얼굴을 보게 됐지만, 그대로 수인의 나라 히노모토에 관한 보고도 끝냈다.

수인의 문화에 관심이 있는 듯한 알피 씨가 집요한 흥미를 보였기에 수인 나라의 기밀에 접촉하지 않는 선에서 정보를 이야기해 뒀다.

***

시간을 따지면 약 두 시간.

다발이 된 보고서를 정리한 알피 씨는 숨을 한 번 내쉬고서 얼굴을 들었다.

"결론부터 말씀드릴게요. 이걸 이대로 로이드 님께 보여 드리면 너무 충격적이라 쓰러지실 거예요."

"그, 그 정도인가요?!"

"저도 졸도하고 싶은 기분이에요⋯⋯. 가는 족족 위험한 일을 겪으시잖아요⋯⋯."

알피 씨는 좀 지친 표정을 지었다.

옆에 앉은 네아가 「뭐, 당연하지」 하고 중얼거렸다.

"아무튼 보고서는 제 쪽에서 잘 정리해 둘게요."

"전부 맡기게 됐네요⋯⋯. 죄송해요."

"아니에요. 이게 제 일이기도 하니까요. 그리고 놀라긴 했지만 흥미로운 이야기를 많이 듣게 돼서 오히려 제가 감사드리고 싶을 정도예요."

그대로 밤샘 작업이라도 할 듯한 웃는 얼굴이 저는 무서운데요.

기뻐 보이는 알피 씨에게 어색한 웃음으로 대답하고 있자니 문득 의문이 떠올랐다.

"저기, 저희는 맡은 서신을 각국에 전달하고 왔는데 이제 어떻게 되는 건가요? 역시 동맹을 맺게 되나요?"

"그렇죠. 지금은 마왕군의 다음 습격에 대비해 타국과의 연계를 꾀하고 있어요."

타국과의 연계인가.

마왕군이라는 위협에 맞서려면 힘을 합치는 것은 무엇보다 중요하겠지.

"순조롭게 진행되고 있나요?"

"우사토 님, 카즈키 님, 스즈네 님 덕분에 막힘없이 진행되고 있답니다."

다행이다. 우리가 한 일은 헛되지 않았구나.

"제대로 서신을 전달할 수 있을지 불안했는데, 해보니까 이게 또 되네."

"각 나라의 임금님들이 다들 특수한 사람들이어서 그런 게 아닐까."

"그렇지. 이렇게 말하는 건 좀 그렇지만, 멀쩡한 사람이 없었어."

그 얘기는 하지 말자. 짚이는 사람이 너무 많으니까.

루카스 님, 노른 님, 진야 씨— 다들 임팩트가 강한 사람들이었다.

"지금은 앞선 실패를 참고하여 여러 대책을 강구하고 있어요."

알피 씨의 말에 고개를 갸웃했다.

"대책이라는 건…… 마왕군을 상대할 대책인 거죠?"

"네. 그 대책 중 하나가 마왕군의 침공을 빠르게 알아차리는 거예요."

"마왕령 근처에 감시병을 두는 것 말입니까?"

아르크 씨의 말에 알피 씨가 고개를 끄덕였다.

"아르크 씨는 알고 계셨군요. 앞선 전쟁 때는 마왕군의 습격을 너무 늦게 알아차렸어요. 그래서 이번에는 국경 부근에 감시하는 기사를 배치하게 됐답니다."

저번에는 정말로 난데없는 출격이었으니 말이지.

시간만 있으면 우리도 여러모로 대책을 강구할 수 있을 테니 마왕군이 멋대로 굴지는 못할 것이다.

"그리고 조만간 인근 국가의 대표자가 모여 회담을 열게 됐어요."

"인근 국가라면……?"

"캄헤리오 왕국, 니르바르나 왕국, 그리고 우사토 님이 가셨던 사마리알 왕국이죠. 거기에 링글 왕국을 더한 네 나라의 대표가 마도 도시 루크비스에서 회담을 열 거예요."

캄헤리오와 니르바르나는 선배와 카즈키가 서신을 전달한 나라……였지?

캄헤리오는 선배와 나에 관한 기사가 나돌았던 곳이라 이름만큼은 기억하고 있었다.

"미아라크는 회담에 안 오나요?"

"미아라크는 요전번에 일어난 소동의 피해가 남아 있는 데다가 거리상으로도 오기 힘드니까요. 그래서 루크비스에 모이는 건 인근 왕국뿐이에요."

"그렇군요……."

확실히 미아라크는 부흥하려면 아직 시간이 더 걸릴 테지.

"루크비스에는 서신을 전달한 카즈키 님, 스즈네 님, 우사토 님도 함께 가시게 될지도 몰라요."

"그런가요……."

서신을 전달한 몸이니 회담에 동석하는 건 납득이 간다.

그런데 루크비스인가. 시간이 있으면 키리하 남매와 만날 수 있을지도 모르겠어.

"뭐, 당장 회담이 열리는 건 아니니까 지금은 그렇게 깊이 생각하지 않으셔도 돼요."

"그러네요."

일단 회담은 나중에 생각하자.

아무튼 여행 보고를 끝냈기에 우리는 거기서 해산하게 되었다.

❀제2화 엘프 소녀와 합동 훈련!!

보고를 끝낸 후, 성의 수위 임무로 돌아가는 아르크 씨와 헤어진 우리는 느릿한 발걸음으로 성내를 걷고 있었다.

"네아는 구명단에서 잘 지내고 있어?"

인간 모습으로 함께 걷는 네아를 곁눈질한 아마코가 그녀에게 물었다.

"그럴 리가 없잖아……!"

아마코의 질문에 네아는 다소 과장되게 반응했다.

"옆에 있는 이 괴물은 변함없이 훈련바보고, 주위에 있는 무섭게 생긴 녀석들도 이 녀석과 비슷하게 위험하고, 특히 그 보스는 말로 표현할 수 없을 만큼 터무니없어! 우사토 이상이라니, 미쳐 버릴 것 같아!"

훈련바보라니 그게 무슨 소리야. 나는 그저 매일 하는 습관을 이어가고 있을 뿐이라고.

"분하지만 거기서 멀쩡한 사람은 페름밖에 없어!"

"나크는? 그 애도 구명단에 있지 않아?"

"……쪼끄매진 우사토라고 하면 이해가 될까?"

"아…… 응."

"잠깐만."

아마코도 납득하지 마.

"나크는 말이지, 내가 말하지 않아도 자율적으로 연습하는 구명 단원의 귀감이 되는 아이라고."

"……그거, 우사토한테 물들었다는 얘기지?"

"응. 나크는 루크비스에서 우사토에게 훈련을 받았으니까."

어이없다는 반응이 돌아오고 말았다.

……화제를 바꾸자, 응.

"그러고 보니 네아는 페름이랑 완전히 친해졌네."

"뭐?! 그럴 리가 없잖아!"

그런 말은 인정할 수 없다는 듯 네아가 반론했다.

옆에서 보기에는 그렇게 사이가 나쁜 것 같지 않던데.

"그 건방진 마족, 내 반찬을 뺏어 먹고, 침대 정리도 엉망이고, 빨래도 대충대충. 그냥 몸만 큰 칠칠맞지 못한 어린애야!"

"아마코, 어떻게 생각해?"

"동류라서 인정하기 싫은 거겠지. 그리고 무의식적으로 챙기고 있다는 걸 본인은 몰라."

"역시 그렇지?"

네아는 부정하겠지만 본바탕은 남을 잘 챙기는 다정한 아이니까.

일부러 페름과 같은 방을 쓰게 하길 잘한 것 같다.

그런데 일상생활에서 칠칠맞지 못한 부분이 있는 건가.

"활기를 불어넣기 위해 한번 제대로 페름을 훈련시켜야겠어."

"왜 그런 사고에 이르렀는지 생각하기도 싫지만, 역시 좀 불쌍해……."

"너도 예외는 아닌데?"

"……어?"

내 말에 네아가 고개를 갸웃했다.

아마코는 「아, 또 뭔가 시작됐네」 하고 작게 중얼거린 후, 내 시야에서 도망치듯 후드를 뒤집어썼다.

"네 체력도 단련시켜야겠다고 예전부터 생각했어."

"어? 나, 나는…… 마술로 보조하는 타입이고……. 우사토의 훈련에도 마술을 쓰면서 참가하고 있잖아? 그걸로 충분하지 않아?"

필사적인 모습으로 네아가 그렇게 말했지만 나는 천천히 고개를 가로저었다.

"지금까지는 견학…… 즉, 수습 기간이었어."

지금 하고 있는 훈련에는 나도 확실한 성과를 실감 중이지만 그건 어디까지나 나를 단련하는 훈련에 불과했다. 그걸로는 아무리 훈련해도 네아가 성장하지 않는다.

"앞으로 코가처럼 수단을 가리지 않는 적과 또 싸우게 됐을 때, 네가 필요해질지도 몰라. 하지만 그러면 내구력이 약한 네가 제일 먼저 노려질 가능성도 있어."

나는 코가와 벌였던 사투를 떠올리고 주먹을 꽉 움켜쥐었다.

사실은 나도 싸워야만 하는 상황과 맞닥뜨리고 싶지 않지만, 싫어도 생각해야 했다.

"그럼 어떻게 해야 할까? 당연히…… 훈련할 수밖에 없지."

"예전부터 생각했는데 훈련으로 뭐든 해결하려고 하지 마! 나는 쓸데없이 근육을 만들고 싶지 않아!"

"걱정하지 마. 단련하는 건 체력과 「여기」야."

나는 그럴싸하게 말하면서 엄지로 내 가슴을 가리켰다.

구명단에서 단련할 수 있는 것은 육체뿐만이 아니다.

어떤 고난이든 이겨 낼 수 있는 정신도 단련할 수 있다.

"마음이 강해지면 어떤 사태가 벌어져도 냉정함을 유지할 수 있어. 설령 검이 코끝을 스치더라도 말이야."

"그 지경에 이른 내게 과연 마음이 존재할까……?"

"……존재해!"

"방금 조금 고민했지?!"

"내가 그 증거야. 네아, 내게 마음이 없는 것 같아?"

"네 존재 자체가 불안해지는 요소라는 걸 모르겠어?!"

말 심하게 하네.

평범한 고등학생이었던 시절과 비교하면 꽤 바뀌었을지도 모르지만, 내가 나라는 사실은 변함없다.

"있지, 우사토."

"응?"

어떻게 네아를 설득할까 생각하고 있으니 지금까지 조용히 있던 아마코가 나를 불렀다.

울상이 된 네아가 아마코에게 도움을 구하는 시선을 보냈으나 아마코는 아랑곳하지 않고 말했다.

"다음에 구명단에 가도 돼?"

"딱히 상관없지만…… 특별히 재미있지는 않을걸? 나를 포함한 단원들이 그저 훈련만 하고 있으니까."

"……우사토가 있다면, 좋아."

후드를 쓰고 있어서 표정은 엿볼 수 없지만 쑥스러워하고 있다는 것은 알 수 있었다.

뭐랄까, 마음이 따뜻해진다는 게 이런 거구나.

"……지금 이 얘기를 꼭 해야 해?!"

침묵을 버틸 수 없었는지 네아가 언성을 높였다.

얘기를 꺼낸 장본인인 아마코는 귀찮다는 듯 네아를 노려보았다.

"네아, 슬슬 포기하는 게 어때?"

"남의 일이라고 그렇게 쉽게 말할 수 있는 거지, 나한테는 사활이 걸린 문제야……!"

구명단원으로서 훈련을 받는 게 그렇게나 싫은가.

으음~ 그렇게까지 힘든 훈련을 시킬 생각은 없는데 어떻게 설득할까.

"어~이, 우사토."

"응?"

뒤에서 부르는 소리를 듣고 돌아보자 카즈키가 이쪽을 향해 손을 흔들고 있었다.

카즈키 옆에는 처음 보는 소녀가 서 있었다.

평소 같았으면 성에서 일하는 사람이겠거니 생각했겠지만 그 소녀의 귀를 보고 나는 놀라서 말했다.

"엘, 프……?"

인간과는 다른 뾰족한 귀.

내가 놀라든 말든 카즈키는 웃으며 이쪽으로 달려왔다.

"우사토, 오늘은 어쩐 일이야?"

"여행을 보고하러 왔어. 으음, 그쪽 분은……."

"아아, 그러고 보니 아직 소개를 안 했지."

카즈키가 뒤에 있는 엘프 소녀를 손짓하여 불렀다.

"이 친구는 여행 중에 동료가 된 엘프족 프라나. 족장의 딸이야."

"잘 부탁해."

프라나라고 소개된 엘프 소녀가 친근하게 악수를 청했다.

나는 조금 당황했지만 악수에 응했다.

"나는 우사토 켄. 구명단이라는 조직에 소속된 인간이야."

""인……간?""

뒤에서 들린 흡혈귀와 꼬마 여우의 의문에 찬 목소리는 무시했다.

잡은 손을 씩씩하게 위아래로 흔든 프라나 씨가 살갑게 웃었다.

"네 이야기는 카즈키에게 많이 들었어. 좀 불안하기도 했지만 실제로 만나 보니 다정한 사람이라는 걸 알겠어."

"그, 그래……?"

카즈키는 나를 어떻게 이야기했을까?

평범하게 쑥스러워하자 프라나 씨가 곤란한 표정을 지었다.

"근데 좀 과장된 부분도 있었어. 치유마법사인데 직접 공격하러 나선다든가, 나랑 카즈키가 싸웠던 무서운 괴물만큼 강한 녀석과 싸웠다든가……."

"아하하……."

뺨을 긁적이며 쓴웃음을 짓자 프라나 씨가 퍼뜩 정신이 든 표정을 지었다.

"아, 미, 미안! 절대 널 무시하는 건 아니야. 나이도 나랑 비슷하고, 생긴 것도 평범해서……."

"겉모습은 평범하지."

"맞아. 겉모습은 말이야."

참자, 우사토! 카즈키와 프라나 씨 앞에서, 내 뒤에 있는 깜찍한 소녀들에게 화내는 모습을 보일 순 없어……!

웃으며 견디고 있으니 카즈키가 프라나 씨에게 불만스럽게 말했다.

"몇 번이나 말했지만 사실이야."

"사실이라고 하지만, 그게……."

뭐, 치유마법사에 대한 일반적인 인식을 생각하면 내 행동은 믿을 수 없는 것들뿐이니 어쩔 수 없는 일이었다.

그런 생각을 하고 있으니 후드를 벗은 아마코가 프라나 씨에게 인사했다.

"나는 아마코. 보다시피 여우 수인이야. 나도 우사토와 함께 여행했어. 당신이랑 비슷한 입장이려나."

"수인 아이?! 자, 잘 부탁해……."

프라나 씨가 깜짝 놀라며 아마코와 악수하자 이번에는 네아가 득의양양한 얼굴로 앞에 나섰다.

"그럼 이번에는 내 차례네. 나는 네아, 우사토의 사역마야."

"아, 으, 응, 잘 부탁해…… 어? 사역마?"

"이래 봬도 나는 흡혈귀와 네크로맨서의 피를 물려받았거든."

장난이 성공한 아이처럼 웃은 후 올빼미로 변신한 네아가 내 어깨에 앉았다.

그 모습을 코앞에서 보고 눈이 휘둥그레진 프라나 씨가 카즈키를 획 돌아보았다.

"카즈키가 말한 대로 평범하지 않을지도……."

"그렇지?"

"잠깐만요."

두 사람이 자기소개를 했는데 왜 내가 평범하지 않은 취급을 받아야 해?

납득할 수 없는데요.

자기소개를 끝내고 우리는 잡담하면서 성내 통로를 걸었다.

네아는 하품하며 내 어깨에 있었지만 아마코는 프라나 씨와 죽이 잘 맞는지 즐겁게 대화하고 있었다.

"카즈키랑 프라나 씨는 훈련하러 가던 길이구나."

"응. 나도 우사토에게 지지 않게 많이 훈련해야겠다 싶어서."

변함없이 산뜻한 친구라니까.

나도 카즈키가 훈련하는 모습을 보면 질 수 없다는 기분이 든단 말이지.

　"어라? 그러고 보니 선배는?"

　"아……. 선배는 우사토를 만나러 구명단에 갔어……."

　"엇갈렸구나."

　나한테 무슨 볼일이라도 있나?

　뭐, 선배라면 볼일이 없어도 만나러 올 것 같지만.

　"우사토는 이제 어쩔 거야?"

　"응? 구명단에 돌아가서 평소처럼 훈련할 생각인데……."

　"그럼 우리랑 같이 안 할래?"

　"같이……."

　돌아가도 평소처럼 훈련할 뿐이니, 오늘은 카즈키와 함께 훈련하는 편이 좋을지도 모르겠다.

　"응, 같이 하자."

　"좋아, 결정!"

　카즈키가 웃으니 덩달아 나도 웃음이 났다.

　"너희는 어쩔래?"

　"같이 갈래. 프라나 씨랑 얘기도 하고 싶고."

　"나도 심심하니까 같이 갈래."

　옆에 있는 아마코와 어깨에 있는 네아에게 묻자 둘 다 따라온다고 했다.

　아마코는 그렇다 쳐도 네아는 용사인 카즈키의 힘이 궁금한 듯했다.

"헤헤, 그럼 당장 훈련장으로 가자! 프라나도 빨리 와!"

"아, 같이 가, 카즈키!"

기뻐하며 밖으로 나가는 카즈키를 프라나 씨가 따라갔다.

아마코와 마주 보고서 고개를 끄덕인 나는 그들의 뒤를 쫓아 훈련장으로 향했다.

＊

훈련장에는 다행히 아무도 없었다.

다른 기사들이 훈련하지 않는 시간대겠지. 주위를 신경 쓰지 않고 우리끼리 널찍하게 훈련할 수 있으니 좋았다.

"카즈키는 평소에 어떤 훈련을 해?"

"구명단의 훈련만큼 격렬하지는 않지만 근력 운동과 검 휘두르기, 그리고 마법 기초 훈련을 하고 있어."

같이 준비 운동을 하는 카즈키에게 물어보자 뜻밖의 대답이 돌아왔다.

"웰시가 말하길 『기초를 단련하는 것이 가장 빠른 지름길!』인 모양이니까."

"마법의 기초……."

나는 거의 근성만으로 치유마법을 습득했기에 마법의 기초는 잘 모른단 말이지.

오늘 카즈키와 훈련하면서 뭔가 얻는 것이 있을지도 모른다.

"우사토는 늘 어떤 훈련을 해?"

"어? 나는…… 달리기나 근력 운동을 해."

프라나 씨의 질문에 솔직하게 대답했다.

"아마코, 말은 아기 나름인 것 같아."

"응. 알맹이는 거의 딴판인데."

뒤에 있는 작은 동물들, 시끄러워.

근처 나무 그늘에 앉아 있는 아마코와 네아를 노려보자 프라나 씨는 깜짝 놀란 반응을 보였다.

"흐응, 의외로 평범하네."

"아니야, 프라나. 우사토의 훈련은 말로는 전달이 안 될 만큼 굉장해."

"응? 무슨 뜻이야?"

"훈련 내용의 밀도가 엄청나거든. 그렇지? 우사토."

"그, 그렇지……."

"훈련의 밀도? 그게 무슨 뜻이야?"

카즈키의 보충 설명을 듣고 프라나 씨가 고개를 갸웃했다.

"그럼 훈련을 시작할 건데 우사토는 어쩔래? 역시 내 훈련에 맞춰 달라고 하기는 미안하고……."

"마법 훈련은 어때? 나도 내 마법에 관해 생각하는 바가 있어서."

최근에는 전투용 기술만 생각했으니, 새로운 경지를 모색하기 위해 다시금 자신의 치유마법과 마주하는 것도 좋을 듯했다.

"마법인가. 프라나도 상관없어?"

"난 상관없어."

카즈키와 함께 훈련장에 발을 들였다.

꽤 넓어서 마음껏 마법을 써도 괜찮을 듯했다.

"우선은 각자의 마법을 보여 줄까? 서로의 마법을 모르면 훈련을 할 수가 없잖아."

"그것도 그러네. 그럼 내가 먼저 마법을 선보일게."

프라나 씨의 말에 고개를 끄덕인 카즈키는 내게서 10m 정도 떨어졌다.

"……좋아, 해 볼까."

그렇게 말하고 천천히 심호흡한 카즈키는 양손에서 하얗게 빛나는 마력을 뿜어냈다.

반딧불이처럼 희미하게 빛나던 마력이 탁구공만 한 마력탄 수십 개로 변하여 그의 양손 위에서 둥실둥실 부유했다.

하늘을 올려다본 카즈키는 손을 보지 않고 마력탄을 일제히 쏘아 올렸다.

날아오른 마력탄은 공중에서 원형으로 늘어서더니 각각이 별개의 생물처럼 움직이며 다양한 도형을 형성했다.

"……."

하늘을 올려다보고 있는 카즈키가 아무것도 하지 않는 것처럼 보인다는 점이 대단했다.

수십 개에 이르는 마력탄을 자신의 손발처럼 아주 당연하게 다루고 있었다.

그 광경을 넋 놓고 보고 있으니 네아가 내 어깨로 날아왔다.

"역시 용사는 비정상적인 소양을 가지고 있네. 평범한 사람과는 다르다는 걸 한눈에 알아보긴 했지만…… 진짜 이건 인간이 할 수 있는 일이 아니야."

"네가 보기에도 그래?"

"응. 너와는 다른 의미에서 괴물이야."

나는 그렇다 쳐도 카즈키를 괴물 취급하는 건 용서 못 해.

어깨 위에 있는 네아에게 그렇게 항의하고 있으니 프라나 씨가 카즈키에게 말했다.

"카즈키의 마법은 변함없이 예쁘구나."

"응? 그런가? 내가 보기에는 그저 위험하기만 한 마법인데."

그렇게 대답하는 카즈키의 시선은 공중에 고정되어 있었지만 평범하게 이야기하면서도 마력탄의 움직임은 전혀 흐트러지지 않았다.

마냥 감탄하고 있으니 퍼뜩 정신을 차린 카즈키가 나를 보았다.

"내, 내 마법 어때? 우사토."

"대단하다는 말밖에 못 하겠어. 어떻게 하면 그렇게 자연스럽게 마력을 다룰 수 있는 거야?"

나답지 않게 조금 흥분하고 말았다.

그런 내 반응을 보고 쑥스러워하며 머리를 긁적인 카즈키는 위에서 계속 움직이고 있는 마력탄을 자신의 손 쪽으로 되돌렸다.

"마법을 다루면서 내가 의식하는 건 자연체로 있는 거야."

"자연체로 있는 것?"

"응. 마력을 조작하는 게 아니라 손발처럼 움직이는 느낌이지."

그렇게 말하고서 카즈키는 손바닥에 있는 여러 마력탄을 합쳐 정교한 검을 만들었다.

"웰시는 이 기술을 「새로운 마법 형태」라고 평가해 줬지만 그렇게 대단한 건 아니야…… 하하하."

계통 강화가 마법의 오의라면 카즈키의 기술은 『마력 조작의 극치』라고 할 수 있을까.

용사의 소질을 가진 그가 기초를 탐구하여 얻은 기술…… 그렇지, 멋있어.

"그 기술로 또 뭘 할 수 있어?"

"검에 휘감아서 강화하거나 적을 포위하거나…… 이것저것 가능해."

"이것저것 가능한 게 아니라 뭐든 가능한 거겠지. 폭식 괴물의 떨거지를 홧김에 숯덩이로 만들어 버렸던 거 지금도 기억나는걸. 뭐, 그 탓에 팔이 상처투성이가 됐었지만……."

"그, 그 얘기는 우사토 앞에서 하지 말자! 원래는 그렇게 위험한 방식으로 쓰려던 게 아니었어!"

하려고 마음먹으면 상당히 끔찍한 일도 가능한 모양이다.

그런데 카즈키가 홧김에 공격했다고? 거기다 다쳤다니…….

"프라나 씨, 그때 카즈키는 뭘 했어?"

"왼팔에 빛의 마력을 두르고 그대로 해방했었어. 카즈키가 평소 쓰던 마법과는 달랐는데 엄청나게 번쩍거렸어."

마력을 뿜어내는 것 자체는 평범하지만 문제는 카즈키의 빛마법이 사용자 자신을 상처 입혔다는 점이다.

생각할 수 있는 가능성은…….

"카즈키, 계통 강화를 썼던 거야?"

"아, 그게…… 응, 맞아. 아직 연습 중이었지만, 안 쓰면 위험한 상황이었거든……."

겸연쩍어하는 카즈키를 보며 나는 고개를 가로저었다.

"보아하니 팔에 상처는 안 남은 것 같네. 다행이야."

"우사토……."

"계통 강화에 관해서는 오히려 내가 더 위험한 방식으로 쓰고 있으니까."

"위험한 짓을 하고 있다는 자각은 있었구나."

"맞아. 우사토가 더 위험천만한 짓을 하고 있어."

위험천만한 짓이라니? 짚이는 것이 너무 많아서 모르겠네.

어깨 위에 있는 올빼미와 뒤에 있는 여우의 말을 무시하고 있으니 프라나 씨가 말했다.

"혹시 우사토도 계통 강화를 쓸 수 있어?"

"쓸 수 있지만 내 계통 강화는 그렇게 강력하진 않아. 오히려 치유력이 올라갈 뿐이니까 공격력은 전무해."

"그 대신 때리지."

웃으며 뒤돌아 치유 지탄을 날렸지만 조금 전까지 나무 그늘에 있었던 아마코는 이미 10m쯤 떨어진 곳으로 이동해 있었다.

사정거리 밖인가…….

예지마법으로 내 움직임을 파악하고서 도발하다니…… 제법 요령이 생겼구나, 아마코.

"방금 엄청난 움직임으로 마력탄을 날린 것처럼 보였는데……."

"하하하, 신경 쓰지 마."

"그걸 어떻게 신경 안 써?!"

내 갑작스러운 행동에 깜짝 놀란 프라나 씨에게 웃으며 얼버무렸다.

"아무튼 내 마법을 보여 줬는데 다음은 어떻게 할까?"

"아, 다음은 내가 마법을 보여 줄게."

그렇게 말하고 한 걸음 앞으로 나온 프라나 씨는 내게 양쪽 손바닥을 보였다.

손바닥에서 보라색 마력이 방출되어 그녀의 양팔을 감쌌다.

"보라색 마력? 희한하네……."

"느낌이 좀 이상해. 공격에 쓰이는 마법은 아닌 것 같아."

나와 네아가 각자 감상을 말하자 프라나 씨가 보라색 마력을 오른쪽 손바닥에 모았다.

"내 마법은 환영. 상대에게 환상을 보여 줄 수 있는 마법이야."

"환상을 보여 주는 마법인가. 눈이 마주친 사람에게 보여 주는 마안(魔眼) 같은 거야……?"

"아하하, 그렇게 강력한 건 아니지만 쓰기는 더 편리해. 내 환영 마법은 내 마력과 접촉한 상대에게 환상을 보여 줘."

"응? 응응?"

마력과 접촉한 자에게 환상을 보여 준다고?

의미를 알 것 같으면서도 모르겠다.

"아하하, 딱 걸리기 좋게 혼란에 빠졌구나. 그럼—."

"아, 이봐, 프라나!"

카즈키가 말리려고 한 순간, 프라나 씨가 내 어깨에 오른손을 얹었다.

그녀에게서 마력이 흘러들며 눈앞에 사람 형태 같은 것이 나타났지만— 금세 지워져 버렸다.

"……응? 뭔가 나타났지만 사라졌어."

"어라? 안 보였어?"

"한순간 형태는 나타났는데 곧바로 사라졌어."

"응? 이상하네. 무방비한 상태라면 간단히 걸리는데……."

난데없이 내게 환상을 보여 주려고 한 건가.

미리 언질 정도는 줬으면 좋았겠지만, 왜 나는 걸리지 않은 걸까?

의문스럽게 여기고 있으니 당황한 기색인 프라나 씨에게 네아가 어이없다는 목소리로 말했다.

"단순히 이 녀석의 정신력이 괴물이라서 그래. 평상시의 이 녀석에게 평범한 정신 공격을 아무리 가해 봤자 무효화돼.ᴸᵉᵍⁱˢᵗ"

"정신력이 괴물이라니 그게 무슨 소리야?!"

"말 그대로의 의미야. 이 남자는 백 단위의 정신 공격을 동시에 받아도 멀쩡했는걸. 개인의 마법이 새삼 통할 리도 없지."

"어쩌다 백 단위의 정신 공격을 받게 됐는지 오히려 궁금할 정도인데?!"

네아의 말에 믿을 수 없다는 표정을 지은 프라나 씨를 내버려 둔 채 카즈키가 감탄하며 수긍했다.

"프라나의 환상이 통하지 않는다니 굉장하다. 나는 맨 처음 당했을 때 무진장 깜짝 놀랐는데……."

"카즈키, 모르겠어?! 평범한 사람은 무의식적으로 정신 공격을 무효화하지 않아!"

"우사토는 평범한 사람보다 굉장하다는 뜻이잖아? 그럴 만한 수라장을 거쳐 왔으니 이상한 이야기는 아니야."

"그 이상한 신뢰는 뭐야?! 조금 무서워, 카즈키!"

프라나 씨가 항의했지만 정작 카즈키는 고개를 갸우뚱할 뿐이었다.

사마리알에서 겪은 일이 여기서 이렇게 효과를 발휘할 줄은 몰랐다.

"프라나 씨, 뭔가 미안."

"으, 으으윽……! 이렇게 된 이상 오기로라도 환영을 보여 줄 수밖에! 우사토, 아무튼 환상을 보여 줄게. 경계하지 말고 편하게 있어."

"아, 알겠어……."

당황하면서도 가볍게 심호흡하여 정신을 안정시키니 재차 눈앞에 검은 실루엣이 나타났다.

그 모습이 점점 선명해짐을 따라 맹렬하게 불길한 예감을 느낀 나는 필사적으로 내게 마법을 걸려고 하는 프라나 씨에게 말했다.

"참고로 무슨 환영을 보여 주려는 거야?"

"일단 네가 생각하는 가장 무서운 것을 보여 주려고."

무서운 것…… 무서운 것……?

눈앞의 검은 실루엣이 머리 긴 여성으로 바뀌려고 한 순간, 내 방어 본능이 작동했다.

"흐읍!"

눈앞의 실루엣이 완전한 모습을 이루기 전에 온몸에 기합을 넣어 환상을 지웠다.

"아아! 또 내 마법을 지웠어! 왜 저항하는 거야?!"

"몸이 환상을 보기를 거부해 버렸으니까."

"이, 있는 힘껏 마력을 보냈는데……. 얘 정말로 인간이야……?"

사룡이나 유령이라면 그나마 평정심을 유지할 자신이 있지만 로즈는 안 된다. 심지어 내가 가장 무섭다고 인식하는 상태의 로즈라니, 모습이 나타난 순간 넙죽 엎드리겠지.

"우사토, 왜 환상에 걸려 주지 않는 거야? 그 정도는 괜찮잖아."

"네아, 화가 머리끝까지 난 단장님이 눈앞에 갑자기 나타나면 어쩔래?"

"미안해. 그런 거라면 어쩔 수 없지."

이해한 것 같아서 다행이야.

아무튼 자신감을 잃은 프라나 씨를 카즈키와 함께 달래면서 내 마법 소개로 넘어가게 되었다.

"화려한 맛은 별로 없지만 계통 강화를 해 볼까."

과제는 계통 강화를 발동하는 데 걸리는 시간을 단축하는 것이다.

발동하는 데 걸리는 시간이 짧으면 짧을수록 치유마법 계통 강화의 단점인 자기 자신에 대한 치유력 저하도 보완할 수 있다.

"응? 우사토치고는 수수하네. 상식이 의심되는 그 신기술을 선보이지 않는 거야?"

"상식이 의심되는 신기술……?!"

네아의 말이 들렸는지 프라나 씨가 어깨를 움찔하며 뒷걸음질 쳤다.

아, 안 돼, 여기서 치유 비권을 보여 주면 프라나 씨뿐만 아니라 카즈키마저 질겁할지도 몰라.

어깨에 있는 네아를 향해 웃었다.

"네아, 자꾸 쓸데없는 소리 하면 훈련에 처넣는다."

"네! 닥치겠습니다!"

알면 됐어.

"자, 그럼 계통 강화를 해 볼게."

"다른 사람의 계통 강화를 가까이서 보는 건 처음이야. 여행 중에는 사용자를 못 봤고."

"나라도 괜찮다면 얼마든지 보여 줄게."

카즈키의 계통 강화를 위해 본보기가 되어야겠다.

그렇게 생각하고 계통 강화를 발동하기 위해 의식을 집중했을 때, 문득 훈련장 바깥에서 기척이 느껴졌다.

……뭔가가, 온다?

"우~사~토~군~!"

다음 순간, 우리 앞에 번개라고 착각할 만한 빛과 충격이 용솟음 쳤다.

간신히 실루엣을 눈으로 좇고 그것이 누구인지 이해한 나는 놀라기보다도 「역시나」 하고 납득했다.

"이누카미 선배, 좀 더 조용히 올 수 없나요……?"

"느닷없이 퇴짜 맞았어?! 내 화려한 등장에 좀 더 놀라도 돼!"

전격을 내뿜으며 나타난 이누카미 선배는 내 반응에 불만스러워하며 이쪽으로 달려왔다.

내 뒤에 있는 이들과 어깨 위에 있는 네아는 선배의 갑작스러운 등장에 말문이 막힌 듯했다.

"구명단을 찾아갔더니 우사토 군은 성에 갔다고 해서 깜짝 놀랐어. 올 거면 온다고 알려 주지……."

"그렇다고 이렇게 등장할 필요는 없잖아요……."

"우사토 군이 특정 위치에 머물러 있을 것 같지는 않아서 전력으로 뛰어와 버렸는걸."

귀엽게 말하면 다인가요.

선배는 내가 늘 싸돌아다니는 일상을 보낸다고 생각하는 건가?

"아무튼 다들 여기서 뭐 해?"

"훈련이요. 카즈키가 같이 훈련하자고 해서 마법 훈련을 하기로 했는데…… 선배도 참가할래요?"

"응!"

와, 활짝 웃네.

변함없는 선배의 모습에 쓴웃음을 지으며 선배를 더해 넷이서 훈련을 하게 되었다.

실제 훈련은 아직 시작하지도 않았으니, 선배가 온 타이밍은 딱 좋다고 할 수 있었다.

"스즈네, 방금 어떻게 온 거야? 뭔가 전격에 휩싸여 있던 것처럼 보였는데……."

아마코의 말에 선배가 고개를 끄덕였다.

"응? 아아, 내 새로운 기술, 이라기보다 전투 스타일 같은 거야."

"전투 스타일?"

"여행 중에 싸웠던 뇌수(雷獸)라는 마물을 참고하여 고안한 기술인데, 번개를 조종하는 게 아니라 번개 자체로 자신을 강화하는 거야. 아직 미완성이라 10초 정도밖에 못 쓰지만."

"10초라니…… 구명단 숙소에서 여기까지? 꽤 거리가 있었던 것 같은데……."

"그 정도 거리는 간단히 주파할 수 있지! 우사토 군을 놓치지 않기 위해!"

엄지를 척 치켜들며 그렇게 말해도 곤란한데요.

근데 선배, 10초 한정이라고는 하지만 무시무시한 기술을 익혔구나.

"그 기술, 대단하네요."

"그렇지? 그렇지?! 나는 이걸 남몰래 『마장(魔裝)·뇌수 모드』라고 명명했는데 어때?"

뇌수 모드, 라고……?

뭐야, 그거 되게—.

"멋있는 이름이네요!"

"알아주는 거야?! 크루미아는 코웃음 쳤는데!"

선배의 작명 센스 엄청나잖아……! 『마장·뇌수 모드』라니, 어떻게 하면 그런 멋진 이름을 생각할 수 있는 거지?!

"카즈키, 스즈네는 혹시……."

"아, 알아챘어? 실은 그래."

"흐응, 스즈네가……. 조금 의외일지도."

어째선지 나를 보며 감회 어린 목소리로 말하는 프라나 씨, 흥분한 나와 선배를 따뜻한 눈으로 지켜보는 카즈키, 그리고 반대로 우리를 차게 식은 눈으로 보는 네아와 아마코.

그런 시선들을 받으며 나는 오랜만에 친구들과 보내는 일상을 마음껏 즐겼다.

❀제3화 구명단원으로서의 일상!!

링글 왕국에 돌아온 후, 구명단의 생활 사이클에 마침내 몸이 익숙해졌다.

여행 중에도 훈련은 빼먹지 않았지만 역시 구명단에서 하는 훈련은 전혀 달랐다.

혼자 하던 훈련도 통 일행이라는 경쟁 상대가 있으니 서로 불이 붙어서 더 격렬한 메뉴를 소화할 수 있었다.

······단순히 서로 폭언을 날리다가 전력 질주로 발전하는 것이긴 하지만.

나한테는 좋은 환경이지만, 최근 한 가지 신경 쓰이는 점이 있었다.

"블루링, 너······ 살쪘어."

"크앙?"

원래부터 블루링은 몸집이 컸지만 지금은 뭐랄까······ 동글동글했다.

업고 달리기에는 좋은 무게라고 생각했으나 눈에 보일 정도로 체중이 불어난 것은 역시 간과할 수 없었다.

"최근에는 너, 맨날 먹고 자기만 하지?"

"······크웅."

"이대로는 안 돼."

아침 식사로 가져온 과일을 다 먹고 그대로 자려고 했던 블루링이 몸을 움찔하며 얼굴을 들었다.

그런 블루링을 내려다본 나는 마음을 독하게 먹고 블루링을 운동시키기로 했다.

"너도 구명단의 일원이야."

"크릉."

"그렇게 고개를 가로저어도 안 돼. 이대로는 위험하다는 거 너도 알잖아?"

그래도 블루링은 고개를 가로저었다.

……어쩔 수 없지. 이 방법만큼은 쓰고 싶지 않았는데.

"그래, 그럼 단장님에게 맡길까."

"크앙! 그르릉!"

"운동할 마음이 들었구나! 기뻐!"

의욕을 보이듯 내 발을 때린 블루링을 보며 활짝 웃었다.

그렇게 정해졌으면 당장 오늘부터 시작할까.

오늘의 훈련 메뉴는 통 일행과 거리를 달리는 것.

평소에는 블루링을 업고 달리지만 오늘 블루링은 직접 뛰는 형태로 참가하게 되었다.

살이 찌긴 했지만 역시 블루 그리즐리라는 마물의 잠재 능력은 헤아릴 수 없을 정도였다. 헉헉거리면서도 블루링은 확실하게 나와 험상궂은 면상들의 페이스를 따라왔다.

"오, 우사토. 네아는 안 데려왔어?"

거리를 달리고 있으니 앞에 있는 알렉이 그런 질문을 했다.

"네아는 구명단의 훈련장에서 훈련 중이야."

"그럼 나크랑 페름과 같이 훈련하겠네?"

"그렇지. 뭐, 네아한테는 달리기만 시켰지만."

당연히 네아는 훈련에 참가하기 싫어했다.

나도 되도록 그녀가 원해서 참가하기를 바랐기에 조금 방식을 바꿔 봤다.

나는 페름과 네아가 함께 있는 시간대를 가늠하여 그녀들의 방을 찾아가 이렇게 말했다.

『페름은 평범하게 하고 있지만, 뭐, 네가 못 하겠다면 어쩔 수 없지. 페름은 하고 있지만.』

『……!』

『페름. 그렇게 됐으니까 훈련 이야기는 못 들은 거로 해 줘. 네아는 너를 쫓아갈 수 없나 봐.』

『어? 그, 그래! 뭐, 보통은 그렇지! 평범한 마물이 나를 어떻게 쫓아오겠어! 가슴에 걸리적거리는 게 있는 너 따위에게 가능할 리가 있나!』

『하, 할 수 있다는 걸 보여 주겠어어어어!』

간단히 정리하자면 이런 느낌으로 네아는 「본인이 원해서」 훈련에 참가하게 되었다.

지금쯤 죽기 살기로 페름과 경쟁하고 있을 것이다.

"너도 꽤 악랄한 녀석이란 말이야."

"뭔가 단장님과 비슷해진 것 같아."

"이보시오들, 단장님이라면 처음부터 실력 행사에 나섰을 테니 전혀 다르지. 나는 아직 상냥한 편이야."

고무르와 미르의 말에 반론하자 험상궂은 면상들은 기막혀하며 한숨을 쉬었다.

납득할 수 없는 기분을 느끼고 있자니 이번에는 통이 말했다.

"그러고 보니 너. 이번에 단장님과 모의전을 벌인다면서?"

"……아~ 응, 그렇지."

"그거 진짜 괜찮은 거야?"

"오히려 내가 묻겠는데, 괜찮을 것 같아?"

통의 말에 그렇게 대답하자 험상궂은 면상들이 한목소리로 『아니』하고 답했다.

그야 그렇겠지.

이 녀석들은 로즈가 얼마나 무서운지 누구보다도 잘 알고 있다. 잘 알기에 그 상궤를 벗어난 실력을 이해하고 존경하고 있었다. 물론 나도 그렇고.

"히히히, 그럼 우사토랑 단장님 중에 누가 이길지 내기할까?"

"누님이 이기는 쪽에 걸겠어."

"이기는 게 당연하잖아."

"굴드, 승패가 정해진 내기만큼 시시한 건 없어."

"이렇게나 기대가 안 되는 내기는 없을 거야."

"그보다도 구명단은 도박 행위를 금지하잖아. 바보들아."

승패가 정해져 있다는 것에는 동의하지만, 그것 가지고 내기를 하는 것은 마음에 들지 않았다.

알렉이 말리지 않았다면 로즈에게 고발했을 만큼 울컥했다.

"실세로 어떻게 싸울 생각이야?"

"그야…… 네아의 힘을 빌려서 육탄전……이려나. 아마 그 사람은 원거리 공격 따위 맨손으로 쳐 낼 테니까."

구속 주술을 쓰더라도 카론 씨가 그랬듯 시간조차 벌 수 없을 것이다.

"아무튼 단장님의 첫 공격을 피해야지. 그리고 한 방 먹일 거야."

이미지는 그리고 있지만, 로즈가 그 이미지를 초월한 움직임을 보일 것은 불 보듯 뻔하므로 그걸 염두에 두고 모의전에 임할 것이다.

자연스럽게 입꼬리가 올라갔는지 내 얼굴을 본 험상궂은 면상들이 더 험악하게 인상을 찌푸렸다.

"본인만 모르네."

"처음 왔을 때는 평범한 애송이였는데 말이야."

"지금은 누님에 버금가는 괴물이야."

"게다가 폭발하면 변모하잖아. 가끔은 누님이 두 명 있는 것 같아……."

"그건 어쩔 수 없는 일 아닐까? 누님의 본격적인 훈련을 받았으니 이렇게 되는 건 당연해."

이마에 힘줄이 돋았다.

이 녀석들에게 화내는 것은 간단하지만, 나도 여행하면서 참을성을 길렀다.

필사적으로 웃는 얼굴을 만들며 속에서 천불이 나는 것을 내색하지 않고 목소리를 짜냈다.

"하, 하, 하! 하고 싶은 말은 다 했냐? 괴물들아."

""""""엉?""""""

"뭐?"

달리면서 힘상궂은 면상들에게 눈을 부라렸다.

옆에서 달리는 블루링이 나와 힘상궂은 면상들을 번갈아 쳐다봤지만 그래도 우리는 눈싸움을 멈추지 않았다.

"너 인마, 최근 좀 건방지다? 우리는 선배라고."

"참나, 선배라서 뭐 어쩌라고? 그 정도로 내가 겁낼 것 같아? 지금까지 대체 뭘 본 거야? 정신이 똑바로 박혀 있는지 의심스러운데."

""""""……""""""

침묵이 공간을 지배했다.

들리는 것은 달리고 있는 우리의 발소리와 「또 시작인가……」라고 말하는 듯한 마을 사람들의 한숨뿐이었다.

10초쯤 침묵한 후, 통이 위압적인 목소리를 냈다.

"……결승점은 구명단 숙소. 승자는 한 명."

"방해, 도발, 지름길, 뭐든 가능."

"이건 싸움이 아니야. 다들 알고 있겠지?"

"그래, 물론이야. 이건—."

나와 가장 가까운 위치에서 달리고 있는 통을 곁눈질로 확인한 나는 힘껏 공기를 들이마셨고—.

"""""""경쟁이다아아아!!"""""""

준비 동작 없이 통에게 옆차기를 날렸다.

그러나 다들 똑같은 생각을 했는지 그 자리에 있던 여섯 명이 동시에 발차기를 날려 서로를 방해했다.

발차기가 복부에 꽂혀 동시에 날아갔지만 곧장 일어나 각기 달리기 시작했다.

상황을 파악하지 못하고 혼란스러워하는 블루링에게 나는 외쳤다.

"내가 안 본다고 농땡이 피우면 밥 없을 줄 알아!"

"크앙?!"

콰광 하고 충격받은 블루링을 등진 나는 앞서 달려가는 험상궂은 면상들을 응시했다.

역시 구명단의 검은 옷을 받은 녀석들인지라 빠르기가 일반인들과는 달랐다.

하지만 그건 나도 마찬가지였다.

"누가 질 것 같아?!"

겨루기로 했으니 반드시 이긴다.

그렇게 다짐한 나는 앞에 있는 험상궂은 면상들을 따라잡기 위해 땅을 박찼다.

✳✳✳

"변명할 거면 해 봐."

""""""죄송합니다……""""""

아슬아슬하게 승리를 거머쥔 나를 기다리고 있던 것은 사신조차 걸음아 날 살려라 도망칠 만큼 싸늘한 시선을 보내는 로즈의 모습이었다.

현재 우리는 숙소 앞 돌바닥 위에 정좌하여 야단맞고 있었다.

"하여간 너희는…… 시시한 일로 경쟁을 시작하고 말이야. 난리 피우는 건 좋지만 주위에 민폐 끼치지 말라고 몇 번을 말해야 알아들어? 너희 바보들은 대체 언제쯤 그걸 이해할래?"

"단장님. 주제넘은 말이지만 인간의 탈을 쓴 이 괴물과 저를 똑같이 취급하는 건 너무한 것 같습니다."

"맞습니다, 누님. 초식 동물의 탈을 쓴 이 초생물과 저희를 똑같이 취급하지 말아 주세요."

"닥쳐."

로즈는 나와 통의 안면을 한 손으로 각각 움켜잡고 들어 올렸다.

""끄아아아아아아아?!""

나와 통의 비명이 울렸다.

그 광경을 본 알렉 일행은 얼굴이 새파래져서 고개를 숙일 뿐이었다.

"다음에 똑같은 짓을 또 저지르면 어떻게 될지 알고 있겠지?"

““넵……!””

아이언 클로에서 해방되어 지면에 떨어진 나와 통은 고통에 몸부림치며 간신히 대답했다.

그런 우리를 내려다보고 어이없어하면서 한숨을 쉰 로즈는 알렉 일행에게도 못을 박은 후 구명단 숙소가 아닌 반대쪽으로 향했다.

“누님, 어디 가십니까?”

“성에서 불렀거든. 밤이 되기 전에는 돌아오마.”

로이드 님이 부른 걸까?

자의식 과잉일지도 모르지만 로즈가 성에 불려 갈 때는 대부분 나와 관계가 있었기에 조금 신경 쓰였다.

얼굴에서 아픔이 가셔서 어떻게든 일어나자 문득 뭔가 생각이 났는지 로즈가 이쪽을 돌아보았다.

“아아, 그래. 우사토.”

“네?”

“내일 모의전을 할 테니까 준비해 둬라.”

……뭐라굽쇼?

“훈련 농땡이 피우지 말고.”

너무 큰 충격을 받은 나머지 움직이지 못하게 된 나를 무시하고 로즈는 그대로 성에 가버렸다.

내일? 너무 직전에 말씀해 주시네요. 일주일쯤 전에 말씀해 주셨다면 여러 가지로 각오도 할 수 있었을 텐데요.

“아무리 그래도 이건 장난 못 치겠네.”

"진짜 불쌍하다."

"뭐, 장렬하게 부딪치고 부서지도록 해. 최악의 경우에는 진짜로 부서질지도 모르지만 힘내라."

"죽지 마, 우사토."

"저 모습을 보면 누님도 기대하고 계신 것 같으니 말이지."

"너희들, 남의 일이라고……!"

험상궂은 면상들의 동정 어린 시선을 받으며 비틀비틀 걸음을 뗀 나는 내일 로즈와 모의전을 벌이게 됐다고 네아에게 전하기 위해 훈련장으로 향했다.

그렇게 가는 도중에 대자로 뻗어 있는 파란 덩어리를 발견했다.

"아, 블루링."

"……크오!"

나를 알아차린 블루링은 벌떡 일어나더니 빠르게 달려왔다.

눈에 분노를 담고서 몸통 박치기를 가했지만— 나는 정면으로 그것을 막았다.

"으으으음……!"

"그르르르……!"

약간 밀렸으나 그래도 블루링을 완전히 막은 나는 아까 혼자 두고 온 것을 사과했다.

"하하하, 혼자 두고 가서 미안해. 오늘은 너도 열심히 했고, 사죄의 뜻도 담아서 밥 많이 줄게."

"크흥."

블루링은 콧방귀를 뀌고 그 자리에 주저앉았다.

내가 분부한 대로 뛰어왔는지 녹초가 된 블루링에게 치유마법을 걸고 훈련장으로 향했다.

"훈련장에는 네아랑 페름, 나크가 있을 텐데……."

『비겁하다! 이상한 술수를 써서 방해하다니, 그러고도 사람이냐!』

『멍청하기는! 난 마물이니까 비겁이고 뭐고 없거든?! 바보래요~ 바보래요~!』

『뭐, 뭐라고?!』

훈련장에 도착해 보니 네아와 페름이 쓰러져서 말싸움을 벌이고 있고 그 모습을 나크가 어이없게 바라보고 있는 이상한 광경이 시야에 들어왔다.

"아, 우사토 씨. 마침 부르러 가려던 참이었어요."

"나크, 대체 무슨 일이 있었던 거야?"

이쪽으로 달려온 나크에게 이유를 물었다.

그러자 그는 미묘한 표정으로 이렇게 된 경위를 설명했다.

"아니, 그게…… 처음에는 평범하게 훈련장을 달리고 있었는데요, 페름 씨랑 네아 씨가 다투더니 누가 더 빨리 과제를 끝내는지 경쟁을 시작해서……."

"아~ 그랬구나."

근데 페름은 왜 쓰러져 있는 거지? 페름이 네아에게 체력적으로 지지는 않을 텐데.

"네아 씨가 이상한 보라색 마법 같은 걸 페름 씨한테 걸었어요.

그걸 눈치 못 챈 페름 씨는 그대로 네아 씨와 경쟁했고……."

"저렇게 됐나……."

페름도 그 정도는 좀 눈치채자. 구속 주술은 그렇게 알아차리기 어려운 마술도 아니니까…….

가만히 보고 있을 수 없어서 여전히 엎어진 채 서로를 매도하는 두 사람의 등에 손을 얹고 치유마법을 베풀었다.

"우사토, 내 말 좀 들어 봐! 내가 이 재수 없는 마족한테 이겼어!"

"네가 속임수를 썼잖아! 젠장, 이딴 녀석한테……!"

활짝 웃는 네아와 울먹이는 페름을 보니 어떤 표정을 지으면 좋을지 알 수 없어졌다.

응, 역시 둘 다 동류란 말이지.

아무튼 이 틈에 네아에게 단장과의 모의전을 알리기로 할까.

"네아."

"흐흥, 왜? 칭찬할 거면 호들갑스럽게 해도 돼."

"내일 단장과 모의전을 하게 됐어."

웃는 모습 그대로 네아가 딱 굳었다.

기분은 이해하지만 받아들여야만 해.

로즈와의 싸움은 여러모로 각오해야 한다.

된통 당할 것은 확실하리라.

무서워서 몸서리쳐질 만큼 겁이 났다.

하지만 그래도 마음 한편에 로즈라는 스승에게 성장한 자신의 힘을 보여 주고 싶다는 생각도 있었다.

"그리고 내가 지기 싫어하는 성격이기도 하고……."

그것이 원래 세계에 있을 때부터 변함없는 나의 유일한 장점이니까.

🏵제4화 단장과 사제 대결!!

생각해 보면 로즈와 정면으로 맞붙는 것은 이번이 처음일지도 모른다.

벌을 받은 적도 있고 서로에게 욕을 퍼부은 적도 있지만 그건 싸웠다고 할 수 없을 것이다.

로즈와 싸우는 것이 무섭지만, 동시에 내 힘이 로즈에게 얼마나 통할지 알고 싶다는 고양감이 샘솟았다.

"네아, 그렇게 절망한 표정 짓지 마. 딱히 죽으러 가는 건 아니니까."

숙소에서 훈련장으로 가며, 올빼미 모습으로 내 어깨에 앉은 네아에게 말했다.

"비슷한 거잖아. 우사토 이상의 신체 능력을 가졌고 심지어 치유 마법을 능숙하게 다룬다니…… 너란 존재를 잘 아는 내게는 절망뿐이야."

"뭐, 정면 승부로 이길 수 있느냐고 묻는다면 이길 수 없다고 대답하겠지."

생각하면 할수록 방도가 없었다.

전투 방법이 심플한 만큼 그걸 어떻게 돌파하면 좋을지 알 수 없단 말이지.

물론 나도 생각을 아예 안 한 것은 아니다.

여러 가지로 이미지 트레이닝을 한 끝에 나는 결론을 내렸다.

"어떻게 싸울지 생각하지 않기로 했어."

"뭐?"

"아니, 여러모로 생각했지만. 어떤 작전도 의미가 없을 것 같길래 나답게 가는 편이 제일 좋다는 결론이 나왔어."

"우와~ 산뜻하기까지 한 근육바보네……."

어차피 못 이긴다면 우리가 가진 모든 힘을 보여주고 산화하자.

그렇게 결의를 다지며 걸어가다가 전방에서 두 사람이 다가오는 것을 알아차렸다.

자그마한 사람은 아마코였고 다른 한 명은 요전번에 카즈키랑 선배와 함께 훈련했던 엘프 소녀, 프라나 씨였다.

"나 왔어, 우사토."

"아아, 그러고 보니 저번에 구명단에 오겠다고 했었지."

그런데 하필이면 오늘 올 줄이야.

예지마법을 쓴 것 같지는 않으니까 우연이겠지만…….

"프라나 씨는 왜 여기에?"

"아마코가 같이 가자고 했거든. ……민폐였을까?"

"아냐, 조금 의외였지만 환영해."

"프라나 씨와는 마음이 꽤 잘 맞아."

아마코의 말에 프라나 씨가 고개를 끄덕였다.

"응. 둘 다 먼 나라에서 혈혈단신으로 왔으니까. 무엇보다 이 아이는 무슨 이야기든 편히 할 수 있어."

생각해 보면 엘프인 프라나 씨와 수인인 아마코는 비슷한 처지였다. 뜻밖의 조합이라고 생각했는데 두 사람은 공통점이 많았다.

"우사토는 지금부터 훈련?"

"어? 아…… 응."

"구경해도 돼? 방해 안 되게 조심할게."

"그건 단장님한테 확인을 받아야 하는데……"

우리가 벌일 모의전이라는 이름의 지옥도를 두 사람이 보고 싶어 한다면 딱히 상관없지만, 프라나 씨는 괜찮을까?

"프라나 씨, 지금부터 단장님과 모의전을 할 건데……. 내 입으로 말하긴 뭐하지만, 상식을 초월한 일을 벌일 예정이니까 안 보는 걸 추천해."

"그냥 까발리기로 했구나."

네아가 어이없다는 표정을 지었다.

나와 로즈의 싸움을 보여 주면 프라나 씨는 단순히 혼란스러운 정도를 넘어설 것이다.

하지만 프라나 씨는 내 충고에 놀라기는커녕 온화하게 웃더니 내 어깨에 손을 얹었다.

"안심해도 돼. 네가 얼마나 대단한 짓을 저지르는지는 카즈키랑 스즈네에게 들었어. 그 두 사람이 그렇게나 널 칭찬했는걸. 나도 선입관은 버리고 널 믿을 거야."

프라나 씨, 너무 좋은 사람이야……!

그렇다면 이 이상 말하는 것도 멋없는 짓이다.

"아마코는 어쩔래?"

"나도 갈래. 조금 무섭지만 궁금해."

예기치 못하게 관객이 두 명 늘어났다.

먼저 훈련장에 간 로즈가 기다리고 있을 것이다. 너무 기다리게 하는 것도 무섭고, 우리도 빨리 가자.

***

훈련장에 가 보니 등을 돌린 로즈가 이미 기다리고 있었다.

변함없이 살벌한 분위기를 풍기는 그녀는 우리가 도착했음을 알아차리고 뒤돌아보았다.

"오, 왔냐."

"네."

공포와 긴장으로 딱딱하게 굳은 네아를 데리고서 로즈 앞에 섰다.

"뒤에 있는 녀석들은?"

로즈가 아마코와 프라나 씨에게 시선을 보냈다.

"견학하고 싶다는데 괜찮을까요? 안 된다면 돌려보낼게요."

"아니, 상관없어. 아마코와, 용사 카즈키의 동료인 엘프…… 프라나였던가? 견학할 거면 멀리 떨어져서 봐라. 휘말리고 싶지 않다면 말이야."

"알겠습니다. 가자, 프라나."

"아, 응……. 어라? 휘말릴 만한 일을 하는 거야……?"

프라나 씨가 그렇게 중얼거렸지만, 어떻게 될지 알아차린 아마코가 곧장 그녀의 손을 끌고 멀찍이 떨어졌다.

나도 어떻게 전개될지 모르는 싸움이라서 두 사람이 멀리 떨어져 주는 편이 안심할 수 있었다.

두 사람이 멀리 이동한 것을 확인한 나는 팔짱을 낀 채 침묵한 로즈와 마주 섰다.

"준비는 다 됐나?"

"네. 준비 운동은 아침에 끝냈습니다."

"그러냐."

그나저나 무시무시한 존재감이다.

내가 정신적으로 「못 이긴다」고 생각해서 그럴지도 모르지만, 그걸 고려하지 않더라도 어떤 공격이든 속공으로 반격당할 것 같았다.

"이 모의전의 의미는 알고 있겠지?"

"저와 네아의 실력을 확인하기 위해서…… 맞죠?"

"그래. 하지만 오늘은 이유가 하나 더 있어. 널 감정하기로 했다."

"감정?"

무슨 뜻인지 이해하지 못하고 고개를 갸웃하는 나를 보며 도발적으로 웃은 로즈는 팔짱을 풀었다.

"너희는 전력으로 나와 싸우면 돼. 긴장을 늦추지 마. 그 순간 의식이 날아갈 테니까."

"……하! 저희를 상당히 얕보고 계신 것 같네요. 저도 이왕 싸우는 거 당신을 날려 버릴 생각이니까 단장님도 그렇게 알고 계세요."

"부, 부엉, 승산도 없는데 얘는 왜 이렇게 나대는 거야……."

아차, 반사적으로 입이 멋대로 움직이고 말았다.

호전적으로 웃는 로즈에게 어색한 웃음으로 대답하며 어깨에 있는 네아를 보았다.

"이제 물러날 수 없어. 같이 힘내자."

"바보 아니야?! 왜 너는 그렇게 자신을 궁지로 몰아넣길 좋아하는 거야?!"

"네아, 주먹에 구속 주술을 걸어 줘. 난 단장님의 공격을 힘껏 피하겠어. 만약 공격이 맞을 것 같으면…… 기합으로 회피해 줘."

"마, 말도 안 되는 소리 하지 마!"

소스라치며 고개를 내젓는 네아에게서 눈을 떼고 건틀릿을 전개한 뒤 자세를 잡았다.

그런 나를 로즈는 자연스러운 자세로 가만히 응시했다.

"얼마 전까지 우는소리를 늘어놓으며 훈련하던 애송이가 꽤 그럴듯해졌구나."

"전부 단장님 덕분이죠."

"아니. 내가 준 시련을 네가 이겨 낸 거야."

"그 시련이 너무나도 부조리했지만 말이에요. 제정신인지 의심스러울 만큼 가혹한 것들뿐이었어요."

"……하! 변함없이 말은 잘한다니까."

로즈는 오른쪽 눈을 손바닥으로 덮으며 그렇게 말했다.

다음 순간, 공기가 오싹하게 바뀐 것이 피부로 느껴졌다.

"여행하며 많은 고난을 극복하고 성장한 너는 확실히 강해졌어."

말 한마디 한마디에 무게가 실렸다.

아직 싸움이 시작되지도 않았는데 땀이 났다.

로즈의 일거수일투족을 놓치지 않도록 집중하고 있으니 오른쪽 눈을 덮었던 손을 내린 로즈가 매처럼 날카로운 눈으로 나를 꿰뚫었다.

"하지만 그것만으로 강해졌다고 인정해줄 만큼 나는 너를 가볍게 보지 않아."

"……요컨대?"

"말 안 해도 알잖아?"

다음 순간, 주시하던 로즈의 모습이 사라지더니 나와 1m도 채 떨어지지 않은 곳에서 주먹을 치켜든 상태로 나타났다.

"그 성과를 여기서 보여 봐라."

바람을 가르는 소리와 함께 휘둘리는 주먹을 신호로 내 패배가 확실한 사투가 막을 올렸다.

"얼마든지요!"

여행을 떠나기 전에 몇십 번, 몇백 번을 맞았던 주먹.

예전에는 간신히 딱 한 번 피했었지만, 많은 수라장을 거친 지금의 나라면 피하는 것은 그리 어렵지 않다.

"홋!"

복부를 노리고 다가오는 주먹을 반걸음 물러나 피했다.

하지만 곧장 원심력이 실린 뒤돌려차기가 내 목을 후려치기 위해 육박했다.

명백하게 기절시킬 목적으로 육박하는 발차기에 얼굴을 굳히면서도 몸을 숙여 추격을 피했다.

"긴장 늦추지 마."

"웃!"

퍼뜩 정신 차리고 얼굴을 드니 심상치 않은 기세로 날아드는 주먹이 시야에 잡혔다.

충격이 몸을 관통하자 발이 지면에서 떨어지며 날아갔다.

"윽!"

5m쯤 날아가면서도 착지한 나는 방어한 양팔을 풀며 웃었다.

예전의 나라면 속수무책으로 기절했겠지만 여행하며 성장한 지금은 대응할 수 있었다.

"예전 같았으면 이 공격에 당했겠지만 지금은 달라요……!"

"그렇군. 이 정도는 막을 수 있게 된 모양이야."

내심 잔뜩 쫄았으나 로즈에게 들키지 않도록 웃을 수밖에 없었다.

첫 공격을 버틴 것만으로도 훌륭했다. 이 상태로 로즈의 움직임에 대응해 나갈 수밖에 없다.

"우사토, 나 집에 갈래."

"네아, 믿을 건 너뿐이야."

기계처럼 딱딱하게 말하는 네아에게 그렇게 대답하자 그녀는 울먹이며 날개로 내 뺨을 쳤다.

"이번만큼은 무리야! 갑자기 시야가 흔들리나 싶더니 네가 날아갔다고! 왜 나는 이런 괴물 간의 싸움에 휘말린 거야?! 저기 좀 봐! 프라나는 넋이 나가 버렸어!"

그렇게 네아는 알피 씨만큼 빠르게 말을 쏟아 냈지만, 애석하게도 로즈에게 향한 의식을 다른 데로 돌릴 수는 없었다.

"좋아, 이번에는 네 쪽에서 와 봐. 어중간하게 덤비면 속공으로 날려 버릴 테니."

"굳이 말 안 해도 그럴 겁니다……! 네아, 가자! 끝나면 혈액이든 뭐든 다 줄게!"

"아아, 진짜! 가면 되잖아, 가면!"

마침내 싸우기로 마음먹은 네아가 내 양쪽 주먹에 구속 주술을 부여했다.

"전력으로 간다!"

"응!"

보라색 문양을 휘감은 건틀릿을 들고 주먹을 뒤로 쭉 뺀 나는 치유 비권을 날렸다.

구속 주술과 치유 비권을 합친 신기술, 이름하여—.

"구속 비권!"

웅, 둔탁한 소리와 함께 주먹 크기의 마력탄이 고속으로 날아갔다.

동시에 나도 마력탄을 쫓듯 로즈를 노리고 달려가 추격을 가했다.

날아드는 마력탄을 보고서 로즈는 감탄한 표정을 지었고—.

"재미있는 사용법이야."

손바닥으로 구속 비권을 막았다.

이럴 줄 알았다. 이럴 줄은 알았지만 그래도 좀 더 효과가 있기를 기대했는데.

마력탄이 팍 터지자 부여되어 있던 구속 주술이 로즈의 팔을 휘감았다.

"당신이라면 막을 줄 알고 있었다고!"

자신의 팔에 퍼지는 문양을 보는 로즈에게 단숨에 접근한 나는 있는 힘껏 치유 구속권을 날렸다.

조금도 봐주지 않은 공격이었지만 로즈는 가볍게 몸을 틀어 피해 버렸다.

빗나간 내 주먹에 떠오른 문양을 본 로즈는 자신의 팔을 구속하는 문양과 비교하고서 턱을 짚었다.

"그렇군. 움직임을 막는 마술은 널 매개로도 쓸 수 있는 건가."

"한눈팔 여유가—."

"좋은 응용이지만 쉽게 깨지는 게 난점이야."

그 말이 떨어지기가 무섭게 로즈는 마술 문양을 힘으로 깨뜨렸다.

네아도 구속 주술을 여러 번 구사하면서 구속력이 올라갔을 텐데……?!

아니, 동요할 때가 아니야!

경직될 뻔한 몸을 억지로 움직여서 로즈에게 공격을 가했다.

"으랴!"

"좋은 움직임이야."

수인의 나라에서는 병사들을 무력화했던 공격이지만 로즈는 간단히 받아넘겼다.

"지금 기술로는 맞힐 수 없는 건가……!"

머리를 굴리든 힘으로 밀어붙이든 지금 방식으로는 로즈의 방어를 뚫을 수 없다. 조금만 더 하면 될 것 같은데 부족했다.

내 움직임에 조금 더 변화가 있으면—.

"뭘 멍하니 있는 거지?"

로즈가 내 오른쪽 주먹을 정면으로 막았다. 냅다 내지른 왼쪽 주먹도 붙잡히면서 자연스럽게 힘겨루기 자세가 되었다.

"윽, 으으?!"

아, 안 빠져!

이 사람, 완력이 얼마나 센 거야?!

"크, 이게……!"

"호오, 재밌군. 나랑 힘으로 해보겠다는 건가?"

그럴 생각은 조금도 없지만, 로즈는 사납게 웃으며 양팔에 힘을 줬다.

양팔에 더 큰 중압과 부하가 가해져서 참지 못하고 네아에게 말했다.

"네아! 구속 주술을……!"

"이미 하고 있어!"

뭐? 구속에도 아랑곳없이 나랑 힘겨루기를 하고 있다는 거야?

속도로는 이길 수 없다.

완력으로도 이길 수 없다.

심지어 상대는 진짜 실력을 전혀 드러내지 않았다.

정말로 어떻게 싸워야 해?

"이봐이봐, 왜 그러지? 네 힘은 이 정도인가?"

"우오오오?!"

"꺄아아아?!"

힘겨루기를 하는 상태에서 엄청난 힘으로 휘둘려 날아간 나는 착지와 동시에 주먹을 때려 박으려고 하는 로즈를 노려보았다.

마음대로 움직일 수 없는 공중에서는 주먹을 피할 수 없지만 내게는 건틀릿이 있어!

"웃, 치유마법 파열장!"

오른쪽으로 건틀릿을 들고 마력을 방출하여 반동을 이용해서 주먹을 피했다.

지면에 등을 부딪치며 떨어졌지만 어떻게든 굴러서 일어난 나는 뒤로 물러나며 치유마법탄을 세 발 던졌다.

시간을 벌기 위해 던진 치유마법탄이 날아와도 로즈는 여전히 여유로웠다.

"하! 생각하는 건 똑같군."

로즈의 오른팔이 잔상을 남기며 움직인 뒤, 그녀에게 날아가던 치유마법탄이 전부 사라졌다.

나와 똑같은 치유마법탄으로 상쇄한 건가?!

"설마 단장님도 치유마법탄을······?"

"놀랄 만한 일은 아니잖아. 평범하게 날리는 것보다 던지는 편이 빠르니까."

"……그렇긴 하죠!"

"너희만 그래!"

하지만 마력탄의 위력과 속도는 가뿐히 나를 웃돌았다.

이어서 날아온 마력탄을 굴러서 회피하고 로즈에게 공격을 가하기 위해 달려 나갔다.

"네아! 왼팔에 집중적으로 타격 내성을 걸어 줘!"

내성 주술 문양이 건틀릿을 끼지 않은 왼팔을 덮었다.

이제 양팔로 로즈의 공격을 막을 수 있다.

남은 것은 내 공격이 얼마나 통하는가!

오른쪽 주먹을 꽉 움켜쥐고 로즈에게 날렸지만 그것을 로즈는 간단히 손날로 쳐 냈다.

"똑같은 공격만 반복해서는 몇 년이 지나도 내게 닿지 않아."

답례라는 듯 어깨를 부술 기세로 주먹이 내리찍혔으나 내성 주술이 걸린 왼팔로 막았다.

왼팔에서 마술 문양에 금이 가는 소리가 났지만 네아가 즉각 마술을 수복했다.

"……그게 두 번째 마술인가."

"그렇게 몇 번씩 똑같은 수법을 쓸 리가 없잖아요!"

"으으으, 고치자마자 부서지다니 어떻게 된 거야……?!"

공격을 막았지만 이래서는 네아가 오래 버티지 못한다.

단숨에 파고들기 위해 발을 내디뎠으나 옆에서 위협적으로 팔꿈치가 날아와서 즉시 건틀릿으로 방어했다.

"묵직해⋯⋯!"

체중이 실린 공격에 자세가 무너졌고 그 틈을 로즈가 놓칠 리 없어서 곧장 멱살을 잡혔다.

"보아하니 그 마술로 막을 수 있는 공격은 한계가 있는 것 같군."

"윽⋯⋯!"

잡힌 옷깃을 빼려고 했지만 로즈의 손은 간단히 풀리지 않아서 앓는 소리를 낼 수밖에 없었다.

"⋯⋯아주 살짝 세게 때릴 거다. 버텨라."

"웃, 네아! 나한테서 떨어져!!"

"어? 우사⋯⋯."

재빨리 네아를 떼어 낸 순간, 밀치듯 멱살을 놓은 로즈가 내 몸통에 강렬한 옆차기를 때려 박았다.

"으랴!"

"으윽?!"

간신히 건틀릿으로 방어했으나 네아가 걸어 준 내성 주술은 순식간에 깨졌고, 미처 다 막지 못한 충격으로 내 몸은 크게 날아갔다.

"으, 으악!"

훈련장에서 나무들이 우거진 숲으로 경치가 삽시간에 바뀌었다.

격통에 얼굴을 찡그리며 주먹으로 나무를 쳐서 충격을 상쇄시켰다.

"으, 오오오오!"

나무에 몸이 몇 번 격돌한 끝에 겨우 멈출 수 있었다.

나무들에 둘러싸여서 훈련장이 있는 방향은 보이지 않았다.

어디까지 날아온 거야……?

"쿨럭, 커헉…… 진짜 얼마나 센 거야, 저 괴력 괴수……."

숨 쉬는 것조차 힘들지만 네아의 마술과 건틀릿 덕분에 크게 다치지는 않았다.

작은 상처는 치유마법으로 금방 고칠 수 있었다.

"……아아, 젠장. 이렇게 날려지는 건 진짜 오랜만이야……."

회피를 익히는 훈련을 할 때 수없이 날아갔지만, 그때는 확실히 힘을 조절해 줬던 거구나.

방금, 전력은 아니어도 예전보다는 세게 공격했다.

그만큼 내가 성장했다는 뜻일까.

"이대로 당하기만 하는 건 마음에 안 들어……!"

이 정도로 포기할 만큼 나는 깔끔한 인간이 아니다.

"이왕 하는 거, 할 수 있는 일은 전부 시도해 주겠어……!"

자신을 북돋우고 있으니 훈련장 쪽에서 바람을 가르는 소리가 들려왔다.

"뭐지?"

정체를 알 수 없는 소리에 불길한 예감을 느끼며 위를 본 나는 경악한 나머지 입을 다물 수 없게 되었다.

"허?"

억지로 땅에서 뽑힌 듯한 나무가 나를 향해 낙하하고 있었다.

"말도 안 돼?!"

아무리 내가 별의별 짓을 저질러 왔다지만 너무나 불합리한 공격이라 절규할 수밖에 없었다.

*　*　*

맨 처음 우사토라는 인물에 관해 카즈키에게 들었을 때, 나를 놀래기 위한 농담이라고 생각했다.

자신의 육체를 단련한 치유마법사.

치유마법은 인간에게만 발현하는 희소한 마법이지만 일반적으로 그렇게 중요시되지 않는 마법이라는 것도 알고 있었다.

그래서 카즈키가 말하는 우사토의 실력을 믿을 수 없었지만, 지금 눈앞에서 벌어지고 있는 싸움을 보고 인식을 고치게 되었다.

"너, 너무 터무니없어……."

눈으로 미처 따라갈 수 없을 만큼 빠른 공방을 펼치는 두 치유마법사.

구명단 단장 로즈 씨와 우사토의 모의전은 내 상상을 아득히 뛰어넘었다.

움직임도 전혀 보이지 않았고, 여기까지 들려오는 타격음도 범상치 않았고, 무엇보다 사람 좋아 보였던 우사토의 표정이 거칠게 바뀌어 있었다.

나는 눈앞에서 벌어진 충격적인 광경에 아연해하며 아마코에게 말했다.

"이, 있지, 아마코. 우사토가 엄청난 기세로 날아갔는데……."

"아마 괜찮을 거야."

"공처럼 나무에 격돌했는데?!"

"건틀릿으로 방어는 했을 테고, 우사토라면…… 응, 걱정 안 해도 돼."

믿을 수 없는 광경일 텐데 아마코는 익숙하다는 듯 반응했다.

"으으, 선입관을 버린다고 했지만 한도가 있잖아……. 치유마법사와 만난 건 우사토가 처음인데, 혹시 다들 이래……?"

"아니, 그냥 저 두 사람이 이상한 거야. 내가 아는 다른 치유마법사는 평범했어."

"그런데 왜 저렇게……."

"계속 훈련만 했더니 저렇게 됐다나 봐."

"무슨 소리야……?"

더더욱 영문을 알 수 없어졌다.

내가 머리를 싸매자 아마코가 쓴웃음을 지었다.

"스즈네도 카즈키도 우사토를 과장되게 이야기한다고 생각했는데 설마 전부 진짜야? 사룡과 싸웠다는 얘기라든가, 용인과 싸웠다는 얘기라든가……."

"사실이야. 우사토 혼자서 싸운 건 아니지만."

그렇다고 해도 경악할 만한 이야기였다.

내 환영마법을 무의식적으로 무효화하는 정신력에다가 인간의 영역을 벗어난 신체 능력.

이것만으로도 인간인지 의심스럽지만, 인간에게만 각성하는 치유마법이라는 요소가 그가 순수한 인간임을 확인시켜주었다.

"우사토는 대단하구나."

"응. 하지만 우사토는 툭하면 무리하니까 걱정돼."

그렇게 아마코가 중얼거려서 나는 고개를 갸웃했다.

"우사토는 강하니까 아무렇지도 않게 위험한 일을 할 때가 있어. 여행하면서 몇 번이나 그런 상황에 몰렸었고, 아마 앞으로도 그럴 거야."

"아마코……."

그 기분은 나도 잘 안다.

카즈키도 우사토와 마찬가지로 무모한 짓을 하는 성격이라, 싸우는 그를 가까이서 볼 때면 애간장이 탔다.

그런 생각을 하고 있으니, 우사토가 날아간 방향을 가만히 응시하던 로즈 씨가 움직였다.

"응? 뭐 하려는 거지?"

설마 숲속으로 사라진 우사토에게 추격타를 가하려는 걸까?

하지만 로즈 씨는 훈련장 끄트머리에 자란 나무를 양팔로 붙잡더니 힘으로 뽑았다.

""허?""

아마코와 내 입에서 그런 소리가 나온 것도 어쩔 수 없는 일이었다.

땅에 확실하게 뿌리박고 있던 나무를 아무렇지도 않게 힘으로 뽑은 것이다.

로즈 씨는 뿌리에 묻은 흙을 대충 털어 내고서 우사토가 있을 방향으로 나무를 힘껏 던졌다.

『으랴!』

포물선을 그리며 날아간 나무가 지상으로 낙하했다.

『—말도 안 돼?!』

몇 초 후, 숲 쪽에서 우사토의 비명이 들린 것을 확인한 로즈 씨는 던지기 쉬운 크기로 부순 나무를 다시 차례차례 던지기 시작했다.

그 광경을 보고 있을 수밖에 없는 나는 옆에 있는 아마코에게 확인하듯 물었다.

"우사토, 괜찮을까?"

"……안 괜찮을지도 몰라."

우사토가 얼마나 대단한지에 관한 이야기는 들었지만, 구명단의 로즈 씨가 이렇게나 규격을 벗어난 존재라는 얘기는 못 들었어…….

* * *

"저 귀축 악마, 터무니없는 것도 정도가 있잖아!"

쏟아지는 나무를 피하며 훈련장으로 곧장 돌진했다.

"덕분에! 쉴 틈도! 없다고!"

치유마법 파열장의 반동을 이용해 구르듯 나무를 회피한 나는 큼지막한 나무 뒤에 숨어 호흡을 골랐다.

"하아…… 설마 여기서 치유마법 파열장이 도움이 될 줄이야."

원래부터 회피와 방어, 그리고 회복에 쓸 수 있는 기술이지만, 이렇게 신체 능력만으로는 피할 수 없는 공격에도 대응할 수 있다는 점에서 상당히 유용했다.

"잠깐…… 마력, 방출? 이거 뭔가에 쓸 수 없을까?"

마력 방출로 인한 가속을 긴급 회피에 쓸 수 있다면 공격할 때의 가속에도 쓸 수 있지 않을까.

내 주위로 나무가 포탄처럼 떨어지는 가운데, 열심히 머리를 굴렸다.

한 가지 가능성을 찾았다면 남은 일은 구체화하는 것뿐이다.

"애초에 나는 왜 치유마법 파열장을 손바닥에서만 터뜨릴 수 있다고 생각한 거지?"

파르가 님에게 받은 이 건틀릿은 비할 데 없이 단단하다는 것 외에 내 마력 조작을 보조하는 특성도 가지고 있었다. 그렇다면 손바닥뿐만 아니라 건틀릿이 덮은 팔, 손등, 손가락에서도 치유마법 파열장을 터뜨릴 수 있을 터다.

오른팔에 의식을 집중하여 건틀릿에 덮인 팔의 측면에서 치유마법 파열장과 똑같은 요령으로 마력을 방출했다.

"우왓?!"

공기가 터지는 소리와 함께 팔의 측면에서 마력이 터지며 균형이 무너졌다.

불가능하진 않았다.

아직 익숙하지 않아 힘을 조정하지는 못하지만 지금은 이걸로 충분했다.

절망적이었던 싸움에 희망이 보였다.

"우사토!"

"응?"

머리 위에서 목소리가 들려 고개를 들자 네아가 무시무시한 기세로 강하했다.

황급히 양팔로 받으니 네아는 화를 내며 내 어깨에 앉았다.

"너 말이야! 위험해지면 나를 던지는 것 좀 그만해! 나도 내 몸은 지킬 수 있다고!"

"……아아, 미안. 그렇지, 너도 함께 싸워 왔으니까."

"아무튼 승산은 있어? 이 이상 싸워 봤자 의미 없어."

"새로운 전투법을 생각해 냈어. 이름하여 제3의 전투법 『치유 액셀권』이야!"

"……이왕이면 치유 가속권이라고 하자. 너무 촌스러워서 웃음도 안 나."

으음, 멋있는 이름이라고 생각하는데…….

네아가 나한테 날아오는 것을 확인했는지 로즈도 더 이상 나무를 던지지 않았다.

역시 네아가 휘말릴 만한 공격은 할 수 없겠지.

"자, 진짜 전력으로 가자. 나도 힘을 아끼지 않겠어."

신기술을 실전에서 바로 쓰는 일은 처음도 아니었다.

치유 가속권은 내 움직임에 변화를 주는 응용 기술. 이걸 잘 구사하면 로즈에게도 주먹이 닿을 것이다.

주먹을 꽉 움켜쥐며 숲속을 전력으로 달려 훈련장으로 돌아갔다.

시선 끝에 팔짱을 끼고서 나를 기다리는 로즈가 보였다.

"온 힘을 쏟아 내는 거야! 네아!"

"알고 있어!"

왼팔에 타격 내성이 부여되었다.

돌격하는 내 모습을 본 로즈는 어이없다는 표정을 지었다.

"뭘 하려나 했더니 아까처럼 그저 돌진하는 건가?"

"아뇨!"

로즈와의 거리가 열 걸음쯤으로 좁혀졌을 때, 오른쪽 팔꿈치에서 마력을 파열시켰다.

엄청난 가속을 얻은 나는 속도가 붙은 오른쪽 주먹을 로즈에게 때려 박았다.

로즈는 그 공격을 간단히 팔로 막았지만 놀란 눈으로 나를 보았다.

"이건……."

"아까까지의 저와는 달라요! 이번에는 살짝 가속하죠!"

이것이 치유 가속권.

계통 강화의 마력 파열에 의한 충격을 이용하여 순간적으로 가속하는 기술.

결코 적지 않은 마력을 소비하지만 지금은 신경 쓰지 않고 전력으로 사용한다.

"하! 재밌군. 더 해봐."

"안 그래도 그럴 참입니다!"

사납게 웃는 로즈가 내심 무서웠지만 그 이상으로 확실하게 느낌이 와서 기뻐졌다.

재차 팔꿈치에서 마력을 파열시켜 단숨에 로즈에게 육박했다.

이대로 주먹을 휘눌러 봤자 간단히 대처하겠지만, 지금의 내 펀치는 한 단계 가속시킬 수 있다!

"치유, 가속권!"

"과연, 그런 건가……!"

부자연스럽게 가속한 주먹을 보고 로즈는 놀란 모습을 보이기는 했지만, 방어를 빠져나간 내 주먹을 가벼운 몸놀림으로 피함과 동시에 강렬한 돌려차기를 날렸다.

"윽?!"

이건 못 피한다! 막더라도 날아갈 테고!

그래서 이번에는 건틀릿 측면으로 마력을 방출시켜서 억지로 몸을 옆으로 밀어냈다.

어떻게든 아슬아슬하게 돌려차기를 피하고 로즈와 조금 거리를 뒀다.

공격은 여전히 막혔지만 아까보다는 잘 싸우고 있었다.

"아까도 비슷한 기술을 썼었는데 그걸 응용한 건가."

"네. 평범하게 공격해 봤자 간단히 대응하니까 제 움직임에 강제로 변화를 줘 봤어요."

"이동, 공격, 회피로도 응용할 수 있는 가속이라. 여러모로 쓰기

편리하군."

싸워 보고 알았는데 이 사람은 정말로 통찰력이 장난 아니었다.

나와 네아의 기술도 바로 알아차렸었고, 치유 가속권의 원리도 이렇게 간단히 이해할 줄은 몰랐다.

"하! 무슨 짓을 할지 예상할 수가 없는 녀석이야. 너 정말로 치유 마법사 맞나?"

"그건 제가 하고 싶은 말인데요. 단장님이야말로 신체 능력이 어떻게 돼먹은 거예요."

"내가 보기에는 둘 다 치유마법사는 고사하고 인간인지도 의심스럽거든?"

질색하는 네아의 말을 무시하고서 나는 조금 전의 공방을 참고하여 치유 가속권의 응용을 고민했다.

내가 생각하는 것을 보고 로즈는 즐겁게 입가를 비틀며 팔짱을 꼈다.

"……공격 안 하시나요?"

"공격했으면 좋겠나?"

"아뇨, 전혀."

즉답하자 무엇이 우스운지 로즈가 웃었다.

"자신보다 수준 높은 적. 그것도 진심으로 목숨을 노리는 상대 앞에서는 생각할 시간 따위 없어. 하지만 지금은 괜찮지. 잘 생각해라, 우사토. 나와 싸우려면 무엇이 필요한지, 뭘 해야 하는지, 무엇을 찾으면 좋을지. 지금 이 상황에서 그걸 도출해 봐라."

"……네!"

적을 쓰러뜨리는 것은 내 역할이 아니다.

내 사명은 어디까지나 다친 사람을 구하는 것이다.

하지만 그것을 방해하는 마왕군 병사가 전장을 달리는 내 앞을 가로막을 것이다.

그렇다면 내가 해야 할 일은 정해져 있다.

"적을 쓰러뜨리는 게 아니라. 그 너머에 있는 다친 사람을 구하기 위해 나는…… 싸우겠어."

그걸 위해 지금은 로즈라는 벽을 넘어야만 한다.

어떤 강대한 적이 앞을 가로막더라도 구명단원인 내가 도망칠 수는 없으니까.

그렇게 결심했다면 로즈에게 한 방 먹일 전법을 찾아야겠지.

"……치유 가속권으로 순간적인 가속은 얻었어. 남은 건 어떻게 단장님에게 일격을 가하느냐인데."

방어를 뚫더라도 간단히 피해 버린다.

심지어 로즈는 바로 대응하기 때문에 치유 가속권을 몇 번씩 보여 줄 수도 없었다.

"한 방 먹이려면 피할 수 없는 공격을 때려 박을 수밖에 없어."

내게 있는 것은 로즈보다 못한 신체 능력, 로즈보다 못한 반사 신경, 로즈보다 못한 마력량, 그리고 파르가 님이 주신 건틀릿과 그것을 응용한 기술, 거기에 네아가 쓰는 마술이다.

"부족한 부분은 다른 것으로 보완해야지. 네아, 지금부터 꽤 무모한 짓을 할 건데 따라와 줄래?"

"참 새삼스러운 질문이네."

네아는 어깨 위에서 어이없어하며 날개를 펼쳤다.

"나는 너의 사역마야. 네가 하겠다면 얼마든지 어울려 주겠어."

"고마워. 그럼 갈까."

"응."

각오를 다지고 로즈에게 시선을 보냈다.

"뭐지? 항복인가?"

장난스럽게 말하는 로즈를 보며 주먹을 들었다.

"어라? 혹시 아직도 저를 모르세요? 단장님, 저는 지는 걸 무진 장 싫어해요."

"……."

"그러니까 당신이 아무리 괴물처럼 강하더라도 저는 몇 번이든 일어나서 싸울 겁니다!"

"……!"

로즈의 눈이 크게 뜨였다.

희미한 동요를 보였던 그녀는 금세 웃음을 되찾았다.

"아아, 그래야지. 한참 전부터 확신하고 있었지만…… 그래. 그날 찾은 것이 너라서 다행이야."

그렇게 작게 중얼거린 로즈는 어딘가 기뻐 보이면서도 어딘가 공 포마저 느껴지는 웃음을 짓고 있었다.

"나한테 보여 봐라, 우사토. 너의 전력을 정면으로 깨부숴 주마."

"그럼 저는 그걸 뛰어넘겠어요!"

활시위를 당기듯 오른팔을 뒤로 뺀 상태에서 치유 가속권을 발동하여 로켓 같은 가속으로 단숨에 로즈에게 육박했다.

"치유 가속권!"

최대한의 가속을 실은 주먹을 똑바로 로즈에게 날렸지만 로즈의 팔에 허무하게 막히고 말았다.

그러나 이번 주먹은 아까와 달라!

즉각 주먹에서 마력을 파열시켜 빠르게 팔을 거두어들인 나는 조금 전과 마찬가지로 팔꿈치에서 마력을 파열시켜 재차 로즈에게 주먹을 때려 박았다.

끊임없이 날아드는 주먹도 로즈는 수월하게 쳐 냈다.

"속도로 안 되니 숫자로 승부하는 건가? 그거 좋지. 그 승부, 받아 주마."

"우오오오!"

로즈가 뒤로 물러났고, 나는 마력을 아끼지 않고 가속하며 주먹을 날려 전진해 나갔다.

그래도 로즈의 가드는 조금도 흔들리지 않았다.

"아, 직……!"

주먹을 당기는 동작과 날리는 동작, 두 단계로 마력 가속을 행함으로써 비로소 성공시킬 수 있는 숨 쉴 틈도 없는 연속 공격.

명명하자면 치유 속격권(速擊拳).

네아의 구속 마술과 병용하여 상대를 간헐적 구속 상태로 만들

수 있는 비인도적인 기술이지만 그 대가는 커서, 대량의 마력을 소비하는 데다가 혹사하는 오른팔에 큰 부담이 갔다.

"아직이야!"

더욱 가속시켜 주먹을 휘둘렀다.

무리한 움직임과 피로로 오른팔이 비명을 질렀으나 상관하지 않고 주먹을 때려 박으며 전진했다.

멈출 수는 없다!

팔뼈가 부러져도, 근육이 찢어져도, 내가 멈출 이유는 되지 못한다!

"아직!"

로즈에게 보여야만 한다!

내가 얼마나 성장했는지를!

당신에게 단련받은 내가 얼마나 강해졌는지를!

고작 모의전인데 진심으로 싸우다니 바보 같다고 해도 좋다!

이 싸움은 내게 모의전 이상의 큰 의미가 있어!

"아직, 끝낼 수 없어!"

주먹을 휘두를 때마다 지금까지 했던 훈련이 떠올랐다.

엄격했고, 죽도록 힘들었다.

믿을 수 없을 정도로 지옥이었다.

하지만 로즈는 이세계에 떨어져 뭘 하면 좋을지 모르고 방황하던 내게 길을 보여 줬다.

구명단이라는 보금자리를 줬다.

험상궂게 생겼지만 신뢰할 수 있는 동료도 생겼다.

호승심만이 장점인 평범한 고등학생이었던 내가 이렇게까지 성장할 수 있었던 것은 당신이라는 스승이 있었기 때문이다.

그러니까 나는―,

"그 은혜에 보답하기 위해!"

혼신의 힘으로 가속을 거듭한 주먹으로 로즈의 팔을 쳐올려서 가드를 무너뜨렸다.

"읏!"

"여기다!"

주먹에서 마력을 파열시켜 로즈의 움직임보다 빠르게 주먹을 거두어들였다.

마침내 가드를 비집어 열었다! 이제 아득히 멀게만 느껴졌던 본체에 공격을 때려 박기만 하면 된다!

소리를 지르며 마력 파열과 함께 가속시킨 주먹을 날렸다.

"으랴아!!"

지금까지 통틀어 최고 속도의 주먹이었다.

하지만 로즈에게 닿기 직전에 심상치 않은 속도로 반응한 그녀의 손이 내 손목을 잡았다.

"아까웠지만―."

"아뇨! 아직 안 끝났어요!"

나는 아직 모든 것을 보이지 않았다!

"연격 가속!"

이것이 진짜 일격!

몸에 남은 모든 마력을 주먹에서 단숨에 내보냈다.

"치유 펀치!"

주먹에서 대포 같은 소리가 울린 순간, 로즈의 몸이 뒤로 쭉 밀렸다.

치유마법의 마력 잔재가 복부에 감도는 상태로 지면을 크게 도려내며 후퇴한 로즈를 보고서 나는 피로와 마력 부족 때문에 그대로 무릎을 꿇었다.

"……하, 하하, 한 방, 먹였다……."

무리하게 거동한 탓인지 오른팔 전체에 격통이 일었다.

치유마법을 쓸 마력도 없어서 왼손으로 어깨를 누르며 아픔을 견뎠다.

"나도 구속 주술에 마력을 대부분 써 버렸어. 그보다 상대를 마구 뚜들겨 패 버리겠다는 그 기술, 끔찍한 수준을 넘어섰다고……."

"하하하, 이 기술도 봉인이네……."

네아의 말에 힘없이 대답하며 조심조심 로즈 쪽을 보았다.

로즈는 치유 펀치가 직격한 부분에 손을 대고서 말없이 고개를 숙이고 있었다.

"저, 저기, 우사토. 뭔가 무서운데."

"신기한 우연도 다 있네. 나도 무서워."

혹시 화났나?

치유마법과 관계없는 물리적인 기술을 써서?

아니, 하지만 그건 우발적으로 고안한 것이지 결코 그런 의도로 만든 건—.

"크, 하하하하!"

""힉?!""

돌연 로즈가 웃음을 터뜨려서 나와 네아는 한심한 비명을 질렀다.

머리카락을 쓸어 올리며 고개를 든 로즈는 즐거운 얼굴로 자신의 손바닥을 바라보았다.

"설마 내가 공격에 당할 줄이야……. 녀석 이후로 처음인가?"

녀석? 대체 누구를 말하는 거지?

설마 이 괴물에게 상처를 입힐 수 있는 괴물이 이 세상에 있는 거야?

"……으."

"어? 아, 우사토!"

시야가 기우뚱 흔들렸다.

그 자리에서 쓰러질 뻔했지만 땅에 엎어지기 직전에 로즈가 내 몸을 받쳐 줬다.

"정말이지, 앞뒤 생각 안 하는 부분은 여행하고 나서도 변함없는 모양이야."

어이없어하면서도 어딘가 기쁜 듯한 음색으로 그렇게 중얼거린 로즈가 내게 치유마법을 베풀었다.

의식이 희미해지는 가운데, 나는 이쪽을 내려다보는 로즈와 시선을 맞췄다.

"우사토. 넌 강해졌다. 내 예상마저 넘어섰어."

"——."

말이 나오지 않았다.

아직 목소리는 낼 수 있지만, 이 감정을 어떻게 말로 표현하면 좋을지 알 수 없었다.

아무 말도 못 하게 된 나를 내버려 두고서 로즈는 계속 말했다.

"여기까지 열심히 했다. 네가 얼마나 성장했는지 이 눈으로 확실하게 봤어."

로즈는 그 밖에도 내게 뭔가 말했지만 전부 알아듣지는 못했다.

하지만 한 가지는 알 수 있었다. 내가 힘을 모두 쏟아 낸 것에는 확실한 의미가 있었다.

***

"——헉?!"

"아, 드디어 일어났다."

깨어나 맨 처음 본 것은 익숙한 내 방 천장과 밖에서 비쳐 드는 오렌지색 석양이었다.

주위로 눈을 돌리니 아마코가 걱정스럽게 내 얼굴을 들여다보고 있었다.

"우사토, 자는 얼굴은 평범하구나."

"잠깐만, 잘 때 말고는 이상한 얼굴을 하고 있다는 것처럼 말하지 마."

얘는 방금 막 일어난 사람한테 무슨 소릴 하는 거야?

로즈에게 맞았을 때의 절반쯤 되는 충격이 정신을 강타했는데요.

아무튼 몸을 일으켜 상태를 확인했다. 로즈의 치유마법 덕분에 몸은 아프지 않고 피로도 전부 해소되어 있었다.

"그 뒤로 어떻게 됐어?"

"네아는 자기 방에서 쉬고 있고, 프라나는 해탈한 얼굴로 성에 돌아갔어. 맞다, 우사토한테 할 얘기가 있으니까 저녁 먹고 단장실로 오라고 로즈 씨가 그랬어."

단장실인가. 모의전을 치르고 나서 부르는 것이니 어쩌면 중요한 이야기일지도 모르겠다.

아, 그렇지. 중요한 이야기라고 하니 생각났는데…….

"아마코, 조만간 루크비스에 갈 일이 생길지도 몰라."

링글 왕국을 포함한 4개국의 회담 장소로 루크비스가 뽑혔고 어쩌면 나도 그곳에 갈지도 모른다고 알렸다.

그 이야기를 들은 아마코는 조금 고민하듯 턱을 짚고 생각에 잠겼다.

"나도 따라가고 싶지만…… 중요한 이야기를 하는 자리라면 나는 안 가는 편이 좋을지도 모르겠네."

"정식으로 얘기가 나오면 너도 같이 가도 되는지 물어볼게. 키리하 남매도 널 보고 싶어 할 테고."

뭐, 내게 그 이야기가 올지 안 올지 아직 모르지만.

"……저기, 우사토."

"응?"

"로즈 씨와 싸워 보니 어땠어?"

……어땠을까.

팔짱을 끼고서 조금 고민한 뒤, 생각난 말을 했다.

"역시 나는 아직 단장님에게 미치지 않는다고 인식했어. 분한 마음도 들지만, 내 스승님이 역시 상상 이상으로 대단하니까, 뭔가…… 조금 기뻐졌어."

확실하게 단언할 수 있는데 로즈는 처음부터 끝까지 내 공격에 완전히 대응했다.

최후에 맞힌 일격은 어디까지나 허를 찌른 기습이었으니 똑같은 기술은 이제 통하지 않을 것이다.

"더 노력해야겠지……."

아직도 내게는 부족한 점이 너무나 많았다.

하지만 내가 목표하는 존재를 다시금 재확인한 지금은 더 열심히 해야겠다는 기분이 들었다.

"그런 대결을 벌이고서 잘도 그런 소리를 하는구나. 우사토답긴 하지만."

"하하하, 나답다니 그게 뭐야."

아마코의 말에 쓴웃음을 지으며 어두워지기 시작한 바깥 경치로 시선을 옮겼다.

오늘은 짧으면서도 긴 하루였다.

처음으로 로즈와 정면으로 싸우고 내게 부족한 점과 새로운 전투 방식을 발견할 수 있었다.

솔직히 말하자면 꽤 무서웠지만, 그래도 내게 큰 의의가 있는 싸움이었다고 단언할 수 있었다.

제5화 취임! 구명단 부단장!!

기절했다가 깨어나니 저녁 먹을 시간이었다.

마침 잘됐다 싶어서 아마코도 초대하여, 내가 처음 구명단에 왔을 때보다 인원수가 많아진 식당에서 저녁을 먹었다.

그런데 식사 중에 아마코, 네아, 페름이 살짝 말다툼……이라고 할까, 귀엽게 티격태격해서 조금 놀랐다.

아마코와 페름이 얼굴을 마주하는 것은 처음이었지만 이래저래 친하게 지낼 수 있을 것 같았다.

페름에게도 구명단원 외에 사이좋게 지낼 상대가 생겨서 다행이었다.

"이러니까 마치 내가 그 아이들의 보호자 같네……."

아마코를 바래다주고 단장실로 가며 그렇게 중얼거렸다.

히노모토에서 코가에게 어둠마법사의 성질을 듣고 페름이 고독하게 살아왔음을 알게 됐기에 아마코는 페름을 걱정…… 아니, 동정하고 있을지도 모른다.

"……감정에 좌우되는 마법이라."

내가 보기에 어둠마법은 몹시 불안정한 마법이었다.

어둠마법은 사용자가 품은 부정적인 감정을 부각시킨다.

페름은 누구와도 접하지 못하는 고독이 낳은 거절의 갑옷.

코가는 싸움에서만 기쁨을 찾을 수 있는 짐승의 성질을 옭아매는 구속구.

"그럼 지금 페름의 마법은 어떻게 됐을까?"

지금 그 아이는 혼자가 아니다.

나만 그렇게 생각하는 것이면 부끄럽지만, 페름이 그렇게 생각하고 있다면…… 페름의 마력이 해방됐을 때, 그녀의 어둠마법은 예전과 다름없을지, 아니면―.

"―아."

생각에 몰두한 탓에 하마터면 단장실 문에 부딪힐 뻔했다.

조금 전까지 하던 생각은 잠시 내려놓고 지금은 로즈와 할 이야기로 의식을 전환하자.

"단장님, 우사토입니다."

"그래, 들어와."

"실례합니다."

인사하고 단장실에 들어갔다.

창밖을 바라보던 로즈는 뒤돌아 의자에 앉고 팔짱을 꼈다.

"너도 앉아라. 조금 긴 얘기가 될 거다."

"네."

맞은편 의자에 앉아 로즈를 보았다.

긴 얘기가 된다는 걸 보면 역시 뭔가 중요한 내용이려나?

"어제 내가 성에 갔던 건 알지?"

"네. 혹시 저랑 관련된 일이었나요?"

"그래. 너도 이야기는 들었을지도 모르겠군. 조만간 링글 왕국, 사마리알 왕국, 캄헤리오 왕국, 니르바르나 왕국까지 네 나라가 마도도시 루크비스에 모여 회담을 열기로 했다. 군단장 시구르스, 전속 마법사 웰시, 용사 스즈네와 카즈키, 그리고 네가 그곳에 갈 사절로 임명됐지."

역시 나도 가게 되는 건가.

뭐, 사마리알에 서신을 전달한 사람은 나니까 당연한가.

"언제쯤 출발하나요?"

"회담이 열린다는 취지는 각국에 이미 통지했어. 빠르면 일주일 뒤에 출발할 거다."

일주일 뒤인가. 생각보다 시간이 없네.

링글 왕국에서 루크비스까지 가는 데 시간이 걸리니 그 부분도 고려한 것일지도 모른다.

"로이드 님은 네가 거절한다면 강요하지는 않겠다고 하셨어."

"아뇨, 갈게요. 사마리알에 서신을 전달한 사람은 저니까 마지막까지 책임지겠어요."

그리고 선배와 카즈키도 갈 테니까. 나 혼자 간다면 불안했겠지만 두 사람이 있다면 괜찮다.

"그렇다면 언제까지고 평범한 구명단원이라는 직함으로 있을 순 없지."

"예? 그게 무슨 말씀…… 우왓?!"

질문하려던 내게 로즈가 뭔가를 던졌다.

순간적으로 받아서 살펴보니 얼마 전에 로즈에게 맡겼던 단복이었다.

코가 뚫었던 구멍도 확실하게 수선되어 있었다.

"아, 다 고쳤군요! 감사합니다!"

"일찍 수선 맡기길 잘했지. 회담장에 아무 옷이나 대충 입고 갈 수는 없잖아."

로즈의 말에 고개를 끄덕이며 단복을 입었다.

친숙한 착용감에 기뻐하며 조금 전에 들은 말에 관해 물어봤다.

"근데 직함이라니요?"

"말 그대로야. 넌 오늘부터 평범한 구명단원이 아니다."

더더욱 의미를 모르겠다.

평범한 구명단원이 아니라고? 나는 구명단에 소속되어 있기에 구명단원이라고 불리는 것인데 그렇지 않게 된다는 말은…… 서, 설마 나만 구명단에서 다른 곳으로 옮기는 건가……?

"햇병아리였던 너를 단련할 때부터 예감은 들었지. 아무리 모질게 굴어도 일어서는 끈질김, 수많은 매도에도 좌절하지 않고 반항하는 건방짐……."

과연 이건 나를 헐뜯는 걸까 칭찬하는 걸까.

"처음 봤을 때는 어디에나 흔히 있는 애송이라고 생각했지만, 뚜껑을 열어 보니 엄청난 녀석이었어."

"원래부터 위험한 녀석이었다는 식으로 말하지 마세요……."

"평범한 꼬맹이가 내 훈련을 버틸 수 있을 리가 없잖아."

저를 위험한 녀석으로 만든 장본인이 할 말입니까.

"그렇기에 네가 최적이다. 우사토 켄. 너를 구명단의 부단장으로 임명한다."

"……예?"

산난히 언도된 말에 머릿속이 새하얘졌다.

"부, 단장……?"

지금까지 그런 직함이 있는지도 몰랐다.

아니, 애초에 구명단에 단장 이외의 서열이 있으리라고는 생각조차 못 했다.

"너무 놀라서 말도 안 나오나?"

"너, 너무 갑작스럽지 않나요?! 그런, 부단장이라니, 느닷없이……."

"모의전을 치르기 전에 말했잖아. 너를 감정하겠다고. 감정한 결과, 너는 내 예상을 뛰어넘었어."

감정한다는 게 부단장에 적합한지 아닌지를 감정한다는 말이었어?!

그런 건 전혀 예상도 못 했는데요.

패닉에 빠진 나를 로즈는 재미있다는 눈으로 봤지만 농담인 것 같지는 않았다.

정말로 나를 구명단의 부단장으로 임명할 생각인 듯했다.

"처음부터 이렇게 할 생각이었어. 너를 훈련시키기 시작한 그 날부터 말이야. 『너를 내 오른팔로 삼겠다』고 했었잖아?"

확실히 그런 말을 했던 것 같지만, 당연히 농담인 줄 알았는데…….

"하, 하지만, 저 같은 게 부단장을 맡을 수 있을지……. 아니, 그보다도 통이랑 다른 녀석들이 저를 부단장이라고 인정할까요? 그 자리에서 하극상을 일으킬 것 같은데요."

"하! 정말이지……."

어이없다는 표정을 지은 로즈가 의자에서 일어나 눈앞에 오더니 내 이마에 딱밤을 날렸다.

강렬한 일격에 눈앞에서 별이 터지고 쓰러질 뻔했지만 꾹 참고 로즈를 올려다보았다.

"내가 적합하지 않은 녀석을 부단장으로 임명할 것 같아? 우사 토, 너라면 맡길 수 있다고 생각해서 고른 거야."

"저라면……?"

"그리고 그 녀석들은 네가 생각하는 것보다도 더 너를 인정하고 있어. 그래도 못 믿겠다면—."

로즈는 거기서 일단 말을 멈추고 내 앞에 주먹을 들었다.

"인정하게 만들어. 나한테 했던 것처럼 말이야."

"……."

내게 부단장이라는 직함은 너무 거대했다.

하지만 뒤집어서 생각하면 부단장을 맡길 수 있을 만큼 로즈가 나를 평가하고 있다는 뜻이었다.

솔직히 이렇게 얼굴을 보고 직접 말을 들은 지금도 내가 부단장 에 적합한지 알 수 없었다.

그러나 언제까지고 우물쭈물 고민하는 것은 나답지 않다.

"부단장의 소임, 사, 삼가 받들겠습니다……."

"오냐."

로즈는 내 말에 만족스럽게 고개를 끄덕이고 의자에 앉아 등받이에 몸을 기댔다.

"앞으로는 부단장으로서 부끄럽지 않게 행동을 조심하도록. 이만 돌아가도 좋다."

"네."

인사하고 퇴실하려다가 문득 오늘 싸우면서 로즈가 했던 말을 떠올렸다.

『설마 내가 공격에 당할 줄이야. ……「녀석」 이후로 처음인가?』

순간적으로 생각해 낸 기술을 쓰고서야 한 방 먹일 수 있었던 로즈에게 공격을 성공시켰던 상대. 궁금하지 않을 리가 없었다.

나는 눈 딱 감고 그에 관해 물어보기로 했다.

"저기, 여쭤보고 싶은 게 있는데요……."

"뭐지?"

"저보다도 먼저 단장님에게 공격을 성공시켰던 사람이라는 게 누구인가요?"

살짝 눈을 크게 뜬 로즈를 보고 아차 싶었다.

뭔가 사정이 있는 걸까? 로즈에게 공격을 성공시켰을 만큼 대단한 상대다. 인간형 생물이라는 전제마저 틀렸을지도 모른다.

침묵한 후, 고개를 한 번 끄덕인 로즈는 마침내 입을 열었다.

"……조금 이야기해 두기로 할까."

이전과는 전혀 다른 분위기에 내심 당황했다.

"내게 공격을 성공시켰던 그 녀석은 마족이었어."

"마왕군과의 전쟁 중에 다치셨다는 건가요?"

"아니, 틀렸어. 내가 그 녀석과 대치했던 건 마왕이 봉인에서 깨어나기 전이야."

봉인에서 깨어나기 전……?

그거, 구명단이 만들어지기 전 아니야?

이야기를 쫓아가지 못하는 나를 내버려 둔 채 로즈는 말을 이었다.

"그 녀석의 이름은 네로 아젠스. 바람을 부리는 마검사였지. 그리고……."

거기서 일단 말을 끊은 로즈는 꿰뚫는 듯한 시선으로 나를 바라보았다.

"내 오른쪽 눈에 상처를 낸 남자이기도 해."

***

로즈에게 네로 아젠스에 관해 들은 후, 나는 단장실을 나왔다.

내 방 침대에 누워 천장을 바라보며 로즈의 오른쪽 눈에 상처를 냈다는 마검사를 생각했다.

로즈의 눈에 난 상처는 줄곧 신경 쓰였었다.

버릇처럼 눈을 만지는 것도 그렇고, 치유마법을 가지고 있을 텐데 왜 눈에 상처가 남아 있는지 의아했었다.

"……그리고."

이름을 듣고 생각났는데, 아르크 씨가 수인의 나라 히노모토에서 싸웠던 화염을 다루는 전직 마왕군 제3군단장이 그 남자의 제자라고 했다.

나는 코가와 싸우느라 아르크 씨의 싸움을 보지는 못했지만, 그 마족은 화염을 갑옷처럼 둘렀고 압도적인 화력을 가지고 있었다고 했다.

그런 힘을 가진 인물을 제자로 뒀다니, 나로서는 그 실력을 가늠조차 할 수 없었다.

"무슨 일이 있었던 걸까……."

네로 아젠스라는 이름을 내게 밝혔을 때, 로즈의 모습이 평소와 조금 달라 보였다.

"얘기해 주기를 기다릴까."

단장실을 나올 때 로즈는 「언젠가 전부 이야기하겠다」라고 말했다.

이야기할 결심이 서지 않았다기보다, 내가 동요해서 앞으로 열릴 회담에 지장이 가지 않도록 배려한 것이리라.

그렇다면 나는 이 이상 생각하지 말고 눈앞에 닥친 일에 집중해야겠지.

"……."

벽에 걸려 있는 수선된 단복을 보았다.

흠집이 났었다는 사실을 알 수 없을 정도로 깔끔하게 수복된 옷은 예전과 다름없어 보였다.

하지만 부단장이 된 지금, 그 무게는 이전과 달라질 것이다.

로즈가 내게 거는 기대.

자기 자신에 대한 불안.

부단장이라는 직함의 무게.

그 모든 것에 짓눌리지 않도록 짊어지고 가자.

그것이 부단장을 맡은 나의 사명이기도 하니까.

❀제6화 출발! 4왕국 회담에!!

내가 ~~규명인~~의 ~~부난상~~이 되고 벌써 일주일이 지났다.

처음에는 나를 부단장이라고 인정하지 못한 험상궂은 면상들이 집단으로 기습을 가할 줄 알고 의기양양하게 기다렸지만 예상과 달리 그 녀석들은 긍정적이었다.

반발한 것은 페름이었다.

『네가 내 위에 선다니 인정 못 해! 이 괴물 인간!』

그러면서 덤벼든 페름을 딱밤으로 격퇴했으나 그래도 납득할 수 없었는지 그 후 매일같이 나를 습격했다.

루크비스로 출발하기 전날 밤.

저녁 식사 후, 기분 전환 삼아 훈련장에 앉아서 느긋하게 밤하늘을 바라보고 있으니 숙소에서 나크가 나와 말을 걸어왔다.

"우사토 씨."

"응? 나크구나. 무슨 일이야?"

"저기, 내일 루크비스로 가시죠?"

"응. 네아는 여기 있을 거지만."

이번에 네아는 같이 안 가게 되었다.

본인은 같이 가고 싶어 했지만, 로즈가 말하길, 마술과 매료 능력을 가진 네아를 회담에 데려가면 상대에게 불신감을 안길 가능성이 있다고 했다.

네아는 이제 그런 짓을 하지 않으리라고 생각하지만, 중요한 회담이니 어쩔 수 없었다.

"그럼…… 키리하 씨와 쿄우 씨에게 안부 좀 전해 주시겠어요? 루크비스를 떠날 때 신세를 많이 졌거든요……."

"알겠어. 확실하게 전할게."

루크비스에 가면 남는 시간에 키리하 남매와 만날 예정이었다.

그간 있었던 이야기를 그때 잔뜩 들려줘야지.

"너도 같이 가면 좋을 텐데."

부단장 취임 후, 아마코를 데려가도 되는지 웰시 씨에게 물어보니 의외로 간단히 허가가 떨어졌다.

그것을 아마코에게 전하고 나니 문득 나크도 데려가면 어떨까…… 하는 생각이 들었지만, 다름 아닌 나크 본인이 그것을 거절했다.

"사실은 가고 싶다는 마음도 있어요. 하지만 그곳에는…… 루크비스에는 미나가 있으니까요."

"아아, 그 아이 때문인가……. 지금도 미나가 거북해?"

나크를 괴롭혔던, 트윈테일이 인상적이었던 당돌한 소녀.

하지만 나크는 미나를 미워한다기보다 단순히 만나기 싫은 것 같았다.

내가 루크비스를 떠난 후에 그녀와 무슨 일이 있었던 걸까?

"거북하진 않아요. 그냥…… 복잡해요."

"복잡해?"

"우사토 씨가 루크비스를 떠난 후, 그 녀석과 얘기를 했어요. 미나 녀석, 저랑 대결한 뒤로도 태도는 전혀 변함없었지만, 만날 때마다 학원을 졸업하면 절 다시 데려가기 위해 링글 왕국에 올 거라고 했기든요."

"그 뒤로 어떻게 됐어? 그대로 싸우고 헤어졌어?"

"아뇨. 『링글 왕국에서 널 기다리고 있겠어!』라고 큰소리 뻥뻥 치면서 도발해 버렸어요."

"왜 그랬어?!"

"그러게요. 왜 그랬을까요…… 아하하."

경악하는 나를 보며 나크가 어색하게 웃었다.

자기 쪽에서 재대결을 바란다는 식으로 말하다니…….

"하지만 그때, 우사토 씨가 했던 말이 떠올랐거든요. 미나도 그저 표현이 서툴렀던 걸지도 모른다고 하셨잖아요. ……그렇게 생각했더니 근거 없는 자신감이 들어서……."

"도발해 버렸어?"

"네. 그 녀석도 의욕적이었고……."

미나가 보였던 나크에 대한 집요한 집착.

"……그렇군. 나크. 넌 둔감하구나?"

"네? 우사토 씨가 할 말인가요?"

"어라?"

예상치 못한 대답에 혼란스러워하는 나를 향해 나크는 손을 내

저었다.

"무엇보다 말도 안 돼요. 그 녀석은 그냥 저한테 졌다는 걸 참을 수 없는 거예요. 이상한 생각을 가지고 있을 리가 없어요."

"그, 그래……?"

"그럼요. 그 녀석, 어릴 때부터 지기 싫어하는 성격이었고."

그랬군. 진 채로 있을 수는 없다는 건가. 나랑 조금 닮았네.

나크와 미나의 관계는 잘 파악이 안 되지만, 아무튼 두 사람은 라이벌 같은 관계라고 이해했다.

"넌 미나와 싸우는 걸 어떻게 생각해?"

"솔직히 무서워요. 하지만 다음에 미나와 싸울 때는 나도 강해져서 그 녀석이 깜짝 놀라게 만들어 주겠다고 생각했어요. 물론 미나도 지금과는 비교가 안 될 만큼 강해지겠지만요."

"그렇구나. 만약 루크비스에서 미나와 만나게 되면 뭐라고 말이라도 전해 줄까?"

"예? 그럼…… 『나는 확실하게 성장하고 있어! 멍청하게 있으면 떼어 놓고 갈 거야!』라고 전해 주세요."

"으, 응. 알겠어."

한층 더 도발하는 말을 전해도 괜찮으려나 모르겠네.

"고맙습니다."

"고맙긴, 뭘. 나도 키리하랑 쿄우와 만나고 싶으니까 겸사겸사 전하는 거지."

루크비스에서 만나고 싶은 사람들이 있긴 하지만 나는 놀러 가는 것이 아니다. 링글 왕국의 대표 중 한 사람으로서 내게 주어진 임무를 확실하게 완수해야 한다.

"아, 맞다. 내가 루크비스에 가 있는 동안 블루링한테 밥 좀 줄래? 일단 네아랑 페름에게도 부탁은 했는데 그 애들은 덜렁대는 구석이 있어서 살짝 불안해."

"그런 거라면 맡겨 주세요."

"그리고 운동도 시켜 주면 좋겠는데……."

아니, 거기까지 부탁하는 건 가혹한 일이겠지.

블루링은 일단 마음먹으면 움직여 주지만 곧잘 귀찮아하니까.

"저도 자율 훈련을 허가받았으니 블루링과 함께 운동할게요."

"괜찮겠어? 그 녀석, 나라고 착각하고 등에 업히려 들지도 몰라……."

"여차하면 미르 씨나 다른 사람들에게 도움을 구하면 되니까 괜찮아요."

루크비스에서는 다른 사람들을 의지하지 않았던 그의 성장을 보니 기뻐졌다.

"하하하. 그럼 나는 내일에 대비해 일찍 쉬기로 할까."

"그럼 숙소로 돌아갈까요."

옷에 묻은 잎을 털고 일어난 나와 나크는 숙소를 향해 걸음을 옮겼다.

내일 아침 일찍 이곳을 출발할 테니 늦잠 자지 않도록 해야겠지.

＊＊＊

이튿날.

로즈에게 인사를 마치고서 아마코를 데리러 가려고 했는데 조그만 소동이 벌어졌다.

올빼미로 변신한 네아가 내 짐 속에 숨어 따라가려고 한 것이다.

그것을 알아차린 로즈는 숨어 있던 네아를 즉각 붙잡았다.

짐을 들고 있던 나조차 네아가 숨어 있다는 사실을 몰랐지만, 상대가 좋지 않았다.

어떻게 알았냐고 로즈에게 물으니 짧게 「직감」이라고만 대답했다.

제육감이 극에 달하면 마법을 능가한다는 사실을 목격한 순간이었다.

그런 소동이 있긴 했지만 나는 구명단 숙소를 나섰고 예정대로 아마코를 데리러 갔다.

"안녕, 우사토."

"안녕. 늦잠 안 자고 일어났나 보네."

아마코의 인사에 답하며 그렇게 장난치자 그녀는 조금 발끈한 표정을 지었다.

"난 그렇게 어리지 않아."

"하하, 알고 있어."

몸집이 작긴 하지만 이 아이는 나이에 걸맞게…… 아니, 정신적으로는 어른 뺨칠 정도로 야무졌다. 하지만 그래도 지금처럼 어린 아이 같은 반응을 보였다.

"네아는?"

"그 아이는 같이 안 가. 우리가 루크비스에 있는 동안 단장님과 힘께 훈련이지."

"흐응~ 조금 불쌍하다는 생각도 드네."

그 후, 실없는 잡담을 나누며 아마코와 함께 성문으로 향하자 큼직한 마차 주변에 아는 사람 몇 명과 기사들이 모여 있는 것이 보였다.

선배와 카즈키, 그리고 시구르스 씨와 웰시 씨.

나는 손을 들고 그들과 인사를 나눴다.

"안녕하세요. 웰시 씨, 이제 곧 출발하나요?"

"아, 우사토 님, 안녕하세요. 마침 출발 준비가 끝난 참이에요."

딱 좋은 타이밍에 도착한 모양이다.

시구르스 씨와 호위 기사가 준비 다 됐다며 올라타라고 해서 나, 선배, 카즈키, 아마코, 웰시 씨까지 다섯 명이 마차에 들어갔다.

"이야~ 뭔가 처음 여행 떠날 때와 똑같은 느낌이네."

"그때도 웰시를 포함해 이렇게 다섯 명이었죠."

"아, 그랬지."

선배와 카즈키의 말에 고개를 끄덕였다.

그러자 그때를 떠올렸는지 선배가 감개무량한 얼굴로 한숨을 쉬었다.

"그때와 비교하면 우리도 성장한 것 같아."

"그렇게 오래된 얘기도 아니지만요. 뭐, 그렇게 느낄 만큼 농밀한 여행을 하긴 했죠."

"우사토는 성장했다기보다 변이했다고 말해야 할지도 몰라."

"내가 인간에서 다른 생물로 바뀐 것처럼 말하지 마."

옆에서 끼어든 아마코를 보며 뻣뻣하게 웃었다.

확실히 성장은 했다고 생각하지만, 겉모습이 바뀔 정도로 성장하지는 않았다. ……아마도.

"다른 생물이라기보다『우사토』라는 새로운 생물 아닐까."

"마침내 내 이름이 종족명이 되어 버렸어……."

"우사토 군, 그건 그것대로 좋다고 생각해! 일족이 한 종뿐인 초생물이라니, 뭐랄까…… 심금을 울리는 게 있어! 온리 원이라는 느낌이 들잖아!"

"그렇게 느끼는 마음도 이해 못 하는 건 아니지만요……."

선배는 나를 위로하고 있는 걸까?

악의 없이 웃는 얼굴을 보니 진심으로 하는 소리라는 것을 알 수 있기는 했다.

어깨를 떨군 나를 보고 웰시 씨와 카즈키가 난처하게 웃었다.

"하하하. 하지만 그때와 달리 이번 목적은 여행이 아니라 회담이지."

"아~ 그렇지. 여행보다 빨리 돌아올 수 있다고 생각해서 그런지 마음가짐이 달라."

여행은 장기간을 상정하지만 이번 회담은 비교적 빨리 링글 왕국에 돌아올 수 있다.

각 왕국이 도착하는 시간은 확실하게 조정되어 있는 모양이니 예측하지 못한 사태가 일어나지 않는 한, 회담은 예정대로 시작될 것이다.

"이 틈에 여러분께 회담에 관해 이야기해 둘게요."

그런 생각을 하고 있으니 웰시 씨가 우리에게 말했다.

"회담에서 여러분은 각자가 방문했던 각 왕국의 대표에게 얼굴을 보여 주시면 돼요. 구체적인 토의는 시구르스 님과 제가 할 테니 그 부분은 안심하세요."

"얼굴을 보이는 것 외에 우리가 해야 할 일이 있을까?"

"카즈키 님과 스즈네 님은 링글 왕국의 용사로서, 우사토 님은 구명단의 부단장으로서 그 직함에 걸맞은 행동을 명심해 주세요. 회담에는 각 왕국의 실력자들이 모일 테니까요."

"실력자들?"

"링글 왕국을 예로 들면 시구르스 님 같은 입장이나 실력을 가진 분들이요. 각 나라에 가 보신 여러분이라면 짐작 가는 분이 있지 않나요?"

그 말에 짚이는 인물이 있었는지 카즈키와 선배가 고개를 끄덕였다.

내가 방문했던 나라, 사마리알의 실력자라면 페그니스 씨지만 그 사람은 애초에 이곳에 올 수조차 없었다. 죄를 저질러서 지하 감옥에 유폐되어 있으니까.

"우사토?"

"어? 아아, 미안. 잠깐 생각 좀 하느라."

걱정스럽게 나를 부른 아마코에게 웃음으로 답하고, 웰시 씨의 이야기에 귀를 기울였다.

"각 나라와 교유하는 것도 이번 회담의 목적 중 하나예요."

"그렇군. 초면에 같이 싸우자고 해도 바로 서로를 믿을 수는 없겠지. 확실히 사전에 얼굴을 마주하는 건 필요해. 근데 어떤 사람이 올까. 왕국의 실력자라고 하니 좀 설렌다."

"선배, 난데없이 결투 같은 거 신청하지 마세요."

"그런 짓은 안 해! 우사토 군은 나를 뭐로 생각하는 거야?!"

"아뇨, 혹시 모르니까요. 선배의 행동은 예측할 수가 없는걸요."

"우사토 군한테는 듣고 싶지 않아! 그치? 아마코도 그렇게 생각하지?!"

"응, 우사토가 그런 말 하면 안 된다고 생각해."

이런, 아마코가 선배 편에 붙었나.

생각지 못한 배신에 동요를 감출 수 없었다.

반론하려고 입을 떼자 우리의 대화를 듣고 있던 웰시 씨와 카즈키가 먼저 말을 꺼냈다.

"우사토 님은 잠시 눈을 떼면 터무니없는 일을 하신다는 이미지가 있죠. 계통 강화를 억지로 터득하려고도 하셨고……."

"확실히 우사토는 보통은 떠올리지 못할 만한 일을 해. 뭐, 그게 우사토의 대단한 부분이지만."

웃으며 칭찬하는 카즈키는 그렇다 쳐도, 이 상황에서 설마 내가 궁지에 몰릴 줄은 몰랐다.

어떻게 반론해야 할지 고민하고 있으니 아마코가 내게서 선배에게로 시선을 옮겼다.

"하지만 스즈네도 우사토와는 다른 방향으로 예상외의 일을 하니까 피차일반이야."

"아마코?!"

"아~ 확실히 프라나와 처음 대면했을 때도 이성을 잃었었지."

"카즈키 군?!"

"스즈네 님도 우사토 님과 비슷하게 터무니없는 짓을 하는 분이니까요."

"웰시마저?!"

아마코, 카즈키, 웰시 씨 순서로 지적받은 선배는 어깨를 푹 떨구고 말았다.

"아니, 잠깐. 우사토 군과 내가 똑같다는 건…… 즉, 우리는 아베크[#1]라는 거네!"

"죄송해요. 너무 이해하기 힘든 이론이라 뭔 소린지 모르겠어요. 그리고 그거 무슨 뜻인지 알고 말하는 거예요?"

"무, 물론이지."

여차여차 링글 왕국을 출발했지만, 도착하기 전에 태클 걸다 지칠 것 같았다.

#1 아베크 커플이라는 의미로 쓰이던 말.

서신 전달 여행을 통해 나는 여행을 즐기는 법을 배웠다.

목적지에 도착하는 것도 중요하지만, 길을 가면서 바뀌는 경치와 지역에 따라 변화하는 동식물을 보는 것도 즐거웠다.

그리고 목적지까지 가는 짧은 시간 동안 친구들과 이야기를 나누는 것도 한 가지 즐거움이라고 생각했지만…… 아무래도 그건 잘못된 인식이었던 것 같다.

"선배, 잠버릇을 핑계로 아마코를 껴안지 좀 마세요."

현재 나는 마차 안에서 무릎 꿇은 선배를 앞에 두고 머리를 싸매고 있었다.

요 며칠간 선배는 거듭된 충고를 무시하고서 아마코를 껴안은 채 자려고 했다. 그때마다 아마코가 피했지만, 이 사람은 장난 아니게 끈질겼다.

그래서 아마코에게 부탁받은 내가 설교 비슷한 것을 하게 됐지만―.

"난 억울해, 우사토 군. 내가 그런 짓을 했다는 증거 있어?"

"현행범으로 잡힌 거로는 부족한가요……."

선배는 이곳에 있는 모두가 그녀의 범행을 목격했음에도 불구하고 뻔뻔하게 부인했다.

"흐흥, 나는 잠잘 때 옆에 있는 여우 아이를 껴안는 버릇이 있어. 이건 내가 강철 같은 의지로 숨겨 왔던 열 가지 비밀 중 하나야."

"그것참 구체적인 버릇도 다 있네요. 이쯤 되면 자백하는 거나 마찬가지인데요."

"아, 내가 비밀을 말하게 했으니 우사토 군은 책임을 져야겠어."

"선배. 멋대로 비밀을 폭로한 상대에게 책임지라는 요구를 받는 제가 어떤 기분일지 생각 좀 해 보셨으면 좋겠네요."

왜 이 사람은 무릎 꿇고서 이렇게 당당한 거야?

카즈키와 웰시 씨는 쓴웃음을 짓고 있었고, 아마코는 더할 나위 없이 싸늘한 눈으로 선배를 내려다보고 있었다.

"하아……. 아마코."

"응."

무슨 말을 해도 끈질기게 저항하리라는 것은 알고 있었기에 한숨을 쉬고 아마코에게 말했다.

고개를 끄덕인 아마코는 입가를 가리고 부끄러워하는 척했다.

"스즈네가 솔직히 말해 준다면 날 껴안고 자는 것 정도는 생각해 볼 텐데……."

"나, 이누카미 스즈네는 말똥말똥하게 깨어 있는 채로 아마코를 껴안으려 한 것을 시인합니다."

"강철 같은 의지는 어디 간 거죠."

이 사람은 대체 얼마나 욕망에 충실한 거야.

선배가 깨끗하게 죄를 인정하자 아마코는 귀엽게 고개를 갸웃하며 생각하는 모습을 보이더니 평소에 별로 보여 주지 않는 미소를 지었다.

"생각해 본 결과, 오늘부터 스즈네와 다섯 명분 떨어져 자기로 했어."

"여행을 시작한 이래 가장 멋진 웃음이잖아?!"

"생각해 보겠다고만 했지, 허락해 주겠다고는 안 했어."

"속았다!"

뭐, 확실히 아마코는 생각해 보겠다고만 했다.

아마코에게 속은 것이 어지간히 충격적이었는지 선배가 내게 매달렸다.

"우사토 군, 아마코가 거짓말했어!"

"지극히 타당한 판단이라고 생각하는데요……."

"큭!"

"자, 이제 무릎 꿇지 않아도 되니까 일어나세요."

손을 내밀어 선배를 일으켜서 좌석에 앉혔다.

침착함을 되찾은 선배는 팔짱을 끼더니 아무 일도 없었던 것처럼 우리에게 말했다.

"출발한 지 사흘이 지났는데 마차 여행도 나쁘지 않네."

"방금 그런 일이 있었다고는 생각할 수 없는 태도와 말이네요……."

"마차 여행도 나쁘지 않네!"

그대로 밀어붙이는 건가요.

선배가 변함없이 기운찬 것은 나쁜 일이 아니니 이대로 이야기를 이어가자.

"루크비스를 출발한 뒤로 저희는 도보로 이동했으니 말이죠. 그렇게 생각하면 마차 여행도 풍취가 달라서 좋은 것 같아요."

"나랑 선배는 말을 탔었지만, 직접 고삐를 잡는 것보다 마음이 편한 건 확실히 좋아."

몸을 움직이지 않고 이동하는 것이 조금 아깝다는 느낌은 들었으나 쾌적하기는 했다.

다소 억지스럽게 탈것 이야기로 넘어가 이야기하고 있으니 내내 침묵하던 웰시 씨가 얼굴을 들고 내게 말했다.

"저기, 우사토 님. 여쭙고 싶은 게 있는데 괜찮을까요?"

"아, 네. 말씀하세요."

"감사합니다."

왠지 여유가 없어 보이는데 대체 무슨 일일까?

"파르가 님에 관해 여쭙고 싶어요."

"예? 파르가 님이요?"

뭘 물어보려나 했더니 파르가 님과 관련된 일인가.

"파르가 님이라면 우사토가 갔었던 미아라크를 지키는 신룡······ 이지?"

"응. 카즈키와 선배에게 용사의 무구를 줄 분이야."

파르가 님의 존재는 미아라크의 왕족만이 아는 기밀 중의 기밀이다.

로이드 님에게 보고할 때 확실하게 설명했을 테니 웰시 씨가 그걸 모를 리는 없다.

"그 신룡 파르가 님을 알현할 기회를 달라고 미아라크의 여왕님께 부탁드려도 될까요······?"

"예?"

알현하겠다는 건 웰시 씨가 직접 파르가 님을 만나고 싶다는 거지?

"결단코 사리사욕 때문에 뵙고자 하는 것은 아닙니다."

다소 긴장된 얼굴로 우리를 둘러본 웰시 씨는 한 박자 쉬고서 입을 열었다.

"카즈키 님과 스즈네 님은 아실지도 모르지만, 저희 왕국 소속 마법사들은 이세계에 소환된 자를 원래 세계로 돌려보낼 방법을 연구하고 있습니다."

"이세계에 소환된 자…… 저희 말인가요?"

"네. 여러분을 소환했을 때, 왕국의 고서에 기록된 『스크롤』을 써서 소환 의식을 발동했습니다."

"스크롤?"

뭔가 판타지스러운 단어가 나왔다.

"스크롤은 마법이나 마술을 지면에 봉인한 겁니다. 현재는 마술과 마찬가지로 사라진 기술이지만, 링글 왕국의 대서고 깊은 곳에서 『용사 소환』 술식이 담긴 스크롤이 발견됐죠."

우리……라기보다 선배와 카즈키라는 「용사」를 소환한 방법을 몰랐기에 조금 놀랐다.

"그 스크롤은 지금도 남아 있나요?"

"술식이 발동했을 때, 스크롤은 고서와 함께 모조리 불타 버렸습니다. 그 후 여러분이 소환됐고……."

"거기서부터는 저희가 아는 대로인가요……."

"네……."

선배와 카즈키는 왕국에서 용사로서 훈련에 힘썼고, 나는 로즈에게 끌려가 구명단에서 매일매일 훈련하며 보내게 되었다.

"그런데 저희가 소환된 것과 파르가 님이 무슨 관계가 있는 건가요?"

"솔직히 말씀드리겠습니다. 저희 왕국 마법사들은 여러분을 원래 세계로 돌려보낼 방법을 찾을 수 없습니다……."

웰시 씨가 비통한 얼굴로 그렇게 말해서 우리는 말문이 막혔다.

돌아갈 방법을 못 찾는다는 것도 그렇지만, 웰시 씨가 이렇게나 절박한 표정을 보인 것에 충격을 받았기 때문이다.

"여러분을 원래 세계로 돌려보내 드리기에는 저희가 기술을 너무나도 많이 잃었어요."

너무 많이 잃었다고? 그게 무슨 뜻이지?

질문하기 전에 웰시 씨는 중얼거리듯 말했다.

"수백 년 전— 마왕과 선대 용사님이 싸우던 시절보다도 더 옛날, 인류는 치열한 영토 싸움을 벌였다고 해요."

"전쟁을 벌였다는 거야?"

선배의 말에 웰시 씨가 고개를 끄덕였다.

마왕이라는 인류의 공통된 적이 없었던 시대에는 인간끼리 싸웠다는 건가.

이해 못 할 이야기는 아니지만, 그 시대에 선배와 카즈키가 소환되지 않아서 정말로 다행이었다.

"타국의 토지, 문화, 마법 체계를 흡수하여 자신의 힘으로 삼기 위한 약탈 행위가 당연했던 시대죠. 지금과는 비교가 안 될 만큼 수준 높은 마법이 쓰였다고 해요. 지금은 사용자가 적은 계통 강화를 다섯 명 중 한 명은 쓸 수 있었다고 할 만큼요."

"그, 그 정도인가요?"

"어디까지나 문헌에 남아 있는 기록이지만 거의 사실이라고 봐도 좋을 거예요. 아무튼 싸움이 끊이지 않았던 혹독한 시대였으니까요. 전사의 질도 그에 걸맞게 높았을 테죠."

마법의 오의인 계통 강화를 다섯 명 중 한 명이 썼다니……

"하지만 싸움의 시대는 마왕이 이끄는 마왕군의 대두로 끝을 맞이했어요. 강대한 힘을 지닌 마왕군 앞에서 인류는 단결할 수밖에 없었으니까요……"

"어렴풋이 알고는 있었지만 당시 마왕군은 그렇게나 강대한 상대였나……"

"네……. 얄궂은 이야기이기도 한데, 마왕이라는 공통된 적이 생기면서, 서로 싸우던 나라들이 단결할 수가 있었어요."

단결하여 마왕군과 싸운다는 점에서는 지금과 비슷하구나.

"선대 용사님이 마왕을 쓰러뜨린 뒤로는 싸움이 없는 평화로운 세상이 지금까지 이어지고 있지만…… 그렇게 긴 세월을 보내며 저희는 많은 기술을 잃어버렸어요."

"마술이라든가, 뭐 그런 것들 말인가요?"

"네. 대부분이 전쟁에 이용되던 기술이죠. 하지만 전쟁이 끝나고 평화로운 나날이 계속되면서, 전수되던 기술은 풍화되었고 끝내는 그것을 전승할 자도 없어지고 말았어요."

그래서 스크롤도 마술도 지금은 사라져 버린 건가.

마술에 이르러서는 습득하려면 상당한 시간을 들여야 하니 말이지.

"용사 소환도 지금은 잃어버린 기술이에요. 그걸 복원하는 것도, 해석해서 여러분을 원래 세계로 돌려보낼 방법을 찾는 것도 몹시 어려운 일이죠. 하지만 그러던 차에 우사토 님께서 신룡 파르가 님과 만나셨다는 걸 알게 됐어요."

"설마, 파르가 님을 만나고 싶은 이유가……."

"네. 여러분을 원래 세계로 돌려보낼 방법, 혹은 지혜를 빌려주십사……."

파르가 님은 오랜 세월을 산 신룡이고 마술에도 환하다. 용사 소환을 알고 있을지도 모른다.

그렇게 생각하고 있으니 결의를 다진 웰시 씨가 깊이 머리를 숙였다.

"무리한 부탁이라는 것은 잘 알고 있습니다. 하지만 제게는 평화로운 세계에 살던 여러분을 원래 세계로 돌려보낼 의무가 있어요. 그걸 위해서라면 저는 힘을 다하겠어요."

역시 웰시 씨는 우리를 소환해 버린 것을 신경 쓰고 있구나.

우리가 신경 쓰지 말라고 해도 이 사람은 우리를 끌어들인 것에 책임을 느끼겠지.

선배나 카즈키와 달리 나는 웰시 씨와 이야기할 기회가 거의 없었지만, 그녀가 무척 마음씨 착한 여성이라는 것은 충분히 알 수 있었다.

"······알겠어요. 파르가 님과 만날 수 없을지 미아라크의 여왕 노른 님과 교섭해 볼게요."

"아, 감사합니다!"

"하지만 당장은 만날 수 없을지도 몰라요. 마왕군과의 싸움도 다가오고 있고, 파르가 님도 카즈키와 선배의 무구를 한창 만들고 계셔서······."

"마왕군과의 싸움을 끝낸 뒤에 만나더라도 상관없어요. 정체된 귀환 술식의 해명이 진행된다면야 저는 얼마든지 기다릴 수 있어요!"

링글 왕국에 돌아가면 레오나 씨에게 후버드를 보내야겠다.

역시 왕족에게 개인적으로 글을 보낼 수는 없으니까.

"싸움이 끊이지 않았던 시대라······."

만약 우리가 그 시대에 소환됐다면 선배와 카즈키는 그저 싸우기 위한 존재로서 전투를 강요받았을지도 모른다. 그렇게 생각하니 무서웠다.

휘말린 나는 어떻게 됐을까?

쓸모없다면서 버려졌을 것도 같고, 순수한 치유마법사로서 전쟁에 동원됐을 것도 같다.

어쨌든 지금 시대보다도 웃을 수 없었을 것은 확실했다.

"아니, 잠깐. 몇백 년 전이라면 나나 단장님 같은 방식으로 싸우는 치유마법사도 흔하지 않았을까······?"

지금보다도 수준 높은 마법이 보급되었던 시대다.

치유마법사의 모습도 지금과는 전혀 달랐을지도 모른다.

그렇게 중얼거리자 나를 제외한 전원의 시선이 내게 모였다.

"재미있는 농담이네, 우사토."

"아니아니, 그렇지는 않았을걸, 우사토 군."

"우사토, 역시 그렇진 않았을 것 같아."

"유감스럽지만 그런 부면은 확인되지 않았어요……."

태클 세례가 쏟아졌다.

나는 동요하면서도 말을 쥐어짰다.

"다, 다 같이 부정하는 건 너무하지 않아요?"

"아하하……. 당시 치유마법사는 지금보다 훨씬 중요시되었다고 해요. 전쟁 중에는 개인이 가진 회복마법 정도로는 충당할 수 없을 만큼 부상자가 넘쳐 나서, 지대한 치유력을 발휘하는 치유마법사는 귀중한 존재였다는 모양이에요."

그, 그렇구나. 정통적으로 다른 사람을 치유하는 본래 역할에 머물렀던 건가.

의외로 정상적인 대답에 애매하게 반응하자 아마코가 내 손등을 손바닥으로 감쌌다.

"있지, 우사토. 치유마법사가 평범하게 훈련해서 우사토나 로즈 씨처럼 될 것 같아?"

"어? 그야 죽어라 훈련하면……."

"아니지?"

"……안 되겠죠."

내 말을 듣고 아마코는 만족스럽게 고개를 끄덕였다.

"평범하지 않은 치유마법사가 우사토야. 우사토는 자신이 상궤를 벗어난 치유마법사라는 걸 인정해야 해."

"아니, 하지만……."

"그걸 인정하지 않은 채 앞으로 계속 인간을 벗어난 움직임을 보이려고?"

귀엽게 고개를 갸웃하는 아마코를 보고 표정이 어색해졌다.

맙소사, 얘 진심으로 말하고 있는데요.

놀리는 분위기가 아니라 진심으로 날 타이르고 있었다.

그 배려에 감동해서가 아니라 다른 감정 때문에 눈물이 날 것 같았다.

제7화 반가운 재회와 새로운 만남!!

우리는 무사히 바노노시 루크비스에 도착했다.

예전과 달라진 점은 별로 없지만, 이곳에서 우리가 각기 여행을 떠났다고 생각하니 조금 감개무량한 기분이 들었다.

"이대로 마차를 타고 도시 중심부까지 갈 거예요. 당장 회담이 시작될지는 아직 모르겠지만, 여러분도 준비는 해 주세요."

웰시 씨의 말에 고개를 끄덕였다.

여행하면서 신분 높은 분들을 많이 만났지만 역시 익숙해지지 않았다.

단복이 흐트러지지 않았는지 확인하고 있으니 카즈키가 마차 밖 풍경을 보며 말했다.

"이곳은 변함없이 아이들이 많구나."

"그러게. 여행하면서 방문했던 다른 나라들도 그랬지만, 여기도 특징적이야."

"내가 갔었던 니르바르나 왕국은 이곳과는 정반대였어. 뭐랄까……육체파 어른들이 많은 곳이었지."

그러고 보니 니르바르나 왕국에 관해 카즈키에게 들은 적이 거의 없었다.

"카즈키는 니르바르나 왕국에서 토너먼트 비슷한 것을 했었지?"

"응. 임금님이 『원하는 걸 이루고 싶다면 힘으로 쟁취해 봐라!』라고 해서 어쩔 수 없이 출전하게 됐었어……."

"굉장히 공격적인 임금님이네……."

"하하, 나쁜 사람은 아니야. 덕분에 검 실력을 단련할 수도 있었고."

카즈키가 말한 대로 니르바르나 왕국의 병사들이 육체파라면 일반적인 치유마법사와는 정반대 존재라고도 할 수 있었다.

아마 그들은 나를 일반적인 치유마법사라고 생각하며 대할 것이다. 그때 업신여기지는 않을지 불안해졌다.

"상궤를 벗어났다는 걸 자각하라고 했지."

아마코가 한 말이 떠올랐다.

부단장이 된 지금, 나는 구명단이라는 간판을 짊어지고 이곳에 왔다.

그런 내가 구명단의 이름에 먹칠해서는 안 된다.

"좋아, 결심했어. 회담 중에는 단장님을 의식해서 행동하자."

내 중얼거림을 들었는지 웰시 씨가 말했다.

"저기, 우사토 님……. 지금 굉장히 불온한 말이 들린 것 같은데…… 기, 기분 탓이겠죠?"

"아뇨, 제게는 구명단의 부단장이라는 입장이 있어요. 그런 제가 치유마법사라는 이유로 얕보이는 건 링글 왕국에도 좋지 않은 일이잖아요."

"그건 그렇지만, 그렇다고 해서 로즈 님을 참고할 필요는……."

"알고 있어요. 확실히 단장님은 아주 무서운 사람이에요. 하지만 그런 사람이기에 지금은 딱 좋아요."

단장님이 내뿜는 귀신 같은 오라는 웬만한 상대를 위압한다.

보통은 상대를 위축시키지만, 말이 아닌 존재감으로 그것을 드러내기에는 안성맞춤이었다.

"치유마법사라는 이유로 깔보는 건 납득할 수 없지. 나는 좋다고 생각해."

"나도 동감이야. 역시 이런 모임에서는 첫인상이 중요하니까. 그리고…… 우사토 군의 얼굴이 이상하게 퍼지기도 했고……."

선배의 말대로, 귀공자처럼 그려진 내 얼굴을 정정할 기회이기도 했다.

좋아, 시험 삼아 해 볼까.

로즈처럼 왼손으로 앞머리를 쓸어 올리고 옅게 웃으며 시선을 날카롭게 만들었다.

"루크비스에서는 되도록 이 상태로 있으려고 해요. 훗, 어떤가요?"

"역시 분위기도 무서워지는구나. 응, 괜찮아. 평범한 치유마법사로는 안 보여."

"칭찬인지 아닌지 모르겠지만 고마워."

아마코에게 가볍게 인사하고 카즈키, 선배, 웰시 씨를 보았다.

"오오, 정말로 로즈 씨 같아!"

"사, 사람 분위기가 이렇게까지 바뀔 수 있구나……. 와일드한 우사토 군도 제법……."

카즈키와 선배는 호평했다.

하지만 줄곧 이 상태로 있을 수는 없기에 바로 어깨에서 힘을 뺐다.

"웰시 씨, 역시 그만두는 편이 좋을까요?"

"우, 우사토 님의 마음가짐 자체는 좋지만……. 뭐라고 말씀드려야 할까요, 너무 확 바뀌어서 깜짝 놀랐어요. 정말로 분위기가 로즈 님과 똑같았어요……."

"뭐, 그만큼 단장님 밑에서 고생했다는 거죠. 흉내 낸다기보다 자연스럽게 몸에 익었다고 할까요."

"단순히 정신 구조가 로즈 씨와 비슷해진 거 같은데……."

아마코가 나직이 중얼거리는 소리가 들렸지만, 내가 생각해도 그런 것 같았기에 일부러 무시했다.

다 같이 이야기하다 보니 도시 중앙에 도착했는지 마차가 멈췄다.

우리는 가볍게 차림을 정돈하고 마차에서 내렸다.

훌륭한 학원 건물이 근처에 보였고, 그 옆에는 그것보다 잘났으면 잘났지 못나지는 않은 커다란 건물이 있었다.

그 건물 앞에 타국에서 온 듯한 마차가 멈춰 있었고 루크비스의 학생이 아닌 듯한 사람들도 몇 명 보였다.

"그러고 보니 저는 평소와 똑같은데 선배랑 카즈키의 차림은 근사하네요."

늘 입는 구명단 단복을 입은 나와 달리 선배와 카즈키는 흰색을 기조로 한 군복이 연상되는 옷을 입고 있었다.

남성용과 여성용의 차이는 있지만 둘 다 멋있었다.

"응응. 우사토 군의 단복과 색이 비슷해서 통일감이 있지."

"하지만 너무 새하얘서 꽤 눈에 띌 것 같아요."

망토를 만지며 카즈키가 쓰게 웃었다.

확실히 우리 세 사람이 나란히 있으면 꽤 눈에 띌 것 같았다.

이야기가 들렸는지 앞장서던 웰시 씨가 우리를 돌아보았다.

"여러분이 나란히 계시면 아주 근사해요."

"그런가요?"

"네, 잘 어울려요. 아 참, 회담은 루크비스가 자랑하는 이 대도 서관에서 열려요."

"도서관이라면 책이 쫙 꽂혀 있는 곳에서 이야기하는 건가요?"

"아뇨, 미리 회담용으로 준비한 강당에 모일 거예요. 애초에 이 곳은 그런 회의를 위해 만들어진 곳이기도 하거든요."

웰시 씨의 해설을 들으며 대도서관을 올려다보고 있으니 같이 회 담에 참가하는 시구르스 씨가 웰시 씨를 불렀다.

"웰시, 경황없겠지만⋯⋯."

"아, 죄송해요. 여러분, 저는 회담장을 준비하고 계신 글래디스 학원장님께 도착했음을 알리고 올게요. 곧 안내인이 올 테니 여러 분은 먼저 여관에 가 계세요."

"""네."""

"그리고 회담 자체는 내일 시작될 예정이니 아마코 씨는 여기서 만나고 싶은 분을 만나 두는 게 좋을지도 모르겠네요."

"응, 고마워. 웰시 씨."

그렇게 말한 아마코에게 다정하게 미소 지은 웰시 씨는 시구르스 씨와 함께 대도서관 쪽으로 향했다.

그녀를 배웅한 후, 나는 아마코와 마주 보았다.

"그럼 여관에 짐을 두고 키리하 남매를 보러 갈까?"

"응. 그러자."

고개를 끄덕인 나는 선배랑 카즈키와 함께 안내인이 오기를 기다리기로 했다.

짐은 기사들이 들고 있기에 딱히 할 일이 없어서 아까부터 주위를 경계하듯 둘러보고 있는 선배에게 말을 걸어 보았다.

"선배, 왜 그러세요?"

"아니, 아까 캄헤리오의 문장이 새겨진 마차를 봤거든. 안 온다는 걸 알고는 있지만, 조금 경계심이 들어서……."

"경계심? 그게 무슨—."

"오오, 스즈네. 스즈네잖아!"

"으엑, 이, 이 목소리는……."

싫다는 표정을 지은 선배를 의아하게 여기며 목소리가 들린 곳을 보았다.

호위 기사 몇 명을 대동한 우리 또래의 빨간 머리 소년이 손을 흔들며 달려오는 것이 보였다.

"……카일 왕자."

"훗, 경칭 따위 안 붙여도 돼. 편하게 카일이라고 불러."

"알겠어. 카일 왕자, 왜 네가 여기 있어?"

새, 생각보다 선배가 냉담하다.

이쪽 세계에서 처음 보는 쿨한 태도의 선배에게 카일 왕자는 의기양양하게 말했다.

"그야 나도 회담에 참가하기 때문이지! 아니, 사실대로 말하겠어. 또 너와 만나기 위해서야!"

"흐응, 그렇구나. 네가 한 고백은 거절했을 텐데."

"그 정도 일에 내 마음은 흔들리지 않아! 아무튼 그 치유마법사는 어디 있지? 같이 오지 않았나?"

"……아, 그게."

선배가 이쪽에 슬쩍 시선을 보냈다. 나를 이야기해도 될지 망설이는 것 같았다.

빨리 키리하 남매를 보러 가고 싶지만 어쩔 수 없지.

마차 안에서 선언한 대로 로즈처럼 인상을 쓰고 팔짱을 낀 나는 선배 옆으로 이동했다.

"제가 치유마법사인 우사토입니다."

"뭐야. 조금 전까지 무료하게 서 있던 네가 그 녀석이었나. 전혀 안중에 없었지만…… 어디, 그림과 얼마나 닮았는지 확인을……."

그렇게 말하며 내 얼굴을 본 카일 왕자가 딱딱하게 굳었다.

당연했다. 지금 나는 여행 동료가 겁먹을 정도로 불온한 분위기를 풍기고 있었다.

"스즈네. 이…… 몇 명쯤 처리했을 것 같은 인상의 남자는 뭐지? 전혀 안 닮았잖아."

"그가 우사토 군이야."

"거짓말! 치유마법사가 아니라 살인 청부업자 같은데?!"

너무한 소리를 들었지만, 나도 그걸 알고서 언짢은 느낌을 내고 있기에 아무 말도 할 수 없었다.

그래도 내게 대항심을 불태우고 있는지 카일 왕자는 약간 목소리를 떨면서도 나를 향해 삿대질했다.

"정말로 네가 치유마법사냐?"

"그렇습니다. 이렇게 치유마법을 쓸 수 있죠."

손바닥에 치유마법을 만들어 내자 카일 왕자가 굳은 표정을 지었다.

나와 선배의 표정을 번갈아 보고서 손톱을 잘근거리며 뭐라고 중얼거리기 시작한 카일 왕자에게 뒤에서 대기 중이던 호위 기사가 간언하듯 말했다.

"카일 님, 이러한 일은 자중하시는 것이 어떨는지요."

"그래 봤자 치유마법사지. 겉모습만 그럴듯한 거야……!"

"아뇨, 그런 것이 아니오라. 이런 자리에서 결투를 신청하는 것은 조금—."

"걱정하지 마라. 왕자인 내게 패배라는 두 글자는 없다!"

호위 기사의 제지를 뿌리친 카일 왕자는 재차 내게 삿대질했다.

"어이, 치유마법사! 나는 캄헤리오 제1왕자, 카일 라크 캄헤리오다! 네 놈에게 결투를—."

그때, 카일 왕자의 뒤로 한 여성이 다가왔다.

그리고—.

"이 멍청한 놈!"

"신청하억?!"

그녀는 깔끔한 로킥을 카일 왕자에게 날려서 때려눕혔다.

우리보다 조금 연상으로 보이는 빨간 머리 여성은 넘어져 데굴거리는 카일 왕자의 멱살을 잡고 들어 올렸다.

"당신 대체 뭘 하고 있는 건가요?"

"힉, 누, 누님?! 이, 이건 그게……."

누님……?!

인형처럼 단정한 얼굴로 빤히 카일 왕자를 내려다보는 여성은— 카일 왕자와 별로 안 닮았다.

"우리나라의 은인인 용사 스즈네 님께 고백했다가 깨지면서 그렇게 창피를 당해 놓고, 이번에는 링글 왕국의 소문난 치유마법사를 상대로 무슨 소리를 지껄이려고 했죠?"

"누님! 나는 한 명의 남자로서 이 녀석에게 결투를 신청하려는 거야!"

"당신이 한 명의 남자였던 때가 이제껏 있었나요?"

"너무해! 어떻게 그런 심한 말을 할 수 있어?!"

"……?"

"심한 말을 했다는 자각조차 없잖아?!"

어리둥절한 표정으로 고개를 갸웃하는 여성을 보고서 카일 왕자가 충격받아 외쳤다.

"마음에 품은 사람이 본국에 여럿 있다고 공언하고 있는 당신이 새삼 무슨 소릴 하는 건지 순수하게 의문이 들었거든요."

"아, 아니, 그건……."

"하아……."

어이없어하며 한숨을 쉰 여성은 이어서 말을 꺼냈다.

"당신 정도 실력으로는 그를 이길 수 없어요."

"어떻게 그리 단언해?!"

"오히려 어째서 이길 수 있다고 생각하죠? 그는 마왕군과의 싸움에서 많은 인명을 구한 영웅, 구명단의 우사토 님이에요."

뭐지, 굉장히 낯간지럽다. 『우사토 님』이라는 호칭도 그렇지만, 영웅이라고 하니까 굉장히 부끄러워졌다.

"여, 영웅?! 이 남자가?!"

"상대가 누군지도 모르면서 결투를 신청하려고 한 건가요? 평소에 대체 얼마나 생각 없이 사는 거죠?"

여성은 기막혀하며 카일 왕자를 내려다보았다.

그 모습을 조금 놀란 얼굴로 보던 나는 선배에게 작은 목소리로 물어봤다.

"선배, 카일 왕자에게 누나가 있다는 거 알고 있었어요?"

"누나와 남동생이 있는 건 알았지만, 내가 캄헤리오를 방문했을 때는 다른 나라에 가 있었기에 직접 얼굴을 보진 못했어."

그럼 선배와도 초면인가.

그나저나 내내 매도당하고 있는 카일 왕자가 살짝 불쌍해 보였다.

"……마, 말도 안 돼. 이 남자가 영웅이라니 믿을 수 없어."

"거짓말 같으면 싸워 보세요."

……응?

굉장히 자연스러운 흐름으로 허락이 떨어졌는데요.

카일 왕자도 곤혹스러워했다.

"어? 그, 그래도 돼?"

"네, 상대방이 승낙한다면 상관없어요."

카일 왕자의 누나가 곁눈질로 이쪽을 보았다.

값을 매기는 듯한 시선이었다.

"참 잘됐어…… 안타깝네요. 캄헤리오 왕국의 제1왕자가 정신적으로 큰 상처를 입어 왕위 계승권을 포기하게 되다니……."

"방금 본심이 새어 나왔어! 잘됐다고 말하려고 했지?!"

"네."

"거짓말로 무마하는 척이라도 하자!"

카일 왕자가 완전히 태클 담당이 되어 버렸어…….

누나 쪽이 더 성실한 사람처럼 보였지만 아무래도 꼭 그렇지만은 않은 모양이다…….

"당신이 왕위를 계승하지 않으면 캄헤리오는 내 거니까요. 여기서 퇴장해 준다면 나중에 실각시킬…… 서로 이야기를 나눌 필요가 없어지고요."

"누님에게는 동생을 향한 애정이 없어?!"

"있는데요? 올해 세 살이 된 하나뿐인 동생, 블렌이 너무너무 귀여워서 참을 수가 없어요."

"나도 동생이야!"

그렇게 카일 왕자가 호소해도 여성은 새침한 얼굴이었다.

사실은 이 자리를 뜨고 싶지만 그럴 수도 없을 것 같아서 말을 걸어 보기로 했다.

"저기……."

"아아, 죄송해요. 저는 캄헤리오 왕국 제1왕녀, 나이아 라크 캄헤리오라고 합니다."

"아, 정중한 인사 감사합니다. 저는 링글 왕국 구명단 부단장, 우사토 켄입니다."

"처음 뵙겠습니다, 나이아 왕녀. 링글 왕국의 용사, 이누카미 스즈네입니다."

"마찬가지로 용사인 류센 카즈키입니다."

자기소개를 한 우리를 순서대로 본 나이아 왕녀는 만족스럽게 생긋 웃었다.

"우리 단순 무식하고 생각 없는 못난 동생이 폐를 끼쳤네요. 죄송합니다."

"단순 무식하고 생각 없는 못난 동생……."

나이아 왕녀 옆에서 카일 왕자가 몹시 울적해하는데요.

동생을 감싸는 척 욕하다니…… 참고해야겠다.

"정말로 죄송합니다. 동생이 아직 무지한 어린애라서, 부디 용서해 주시길……."

"아, 아뇨, 그렇게 사과하지 않으셔도 됩니다! 카일 왕자에게 아무 짓도 안 당했으니까요!"

아무리 그래도 왕족에게 이렇게까지 사죄를 받을 수는 없었다.

상대가 문제 삼을 생각이 없더라도 주위 사람들에게는 큰 문제였다.

"……정말로 용서해 주시는 건가요? 자칫하면 링글 왕국과 캄헤리오 왕국의 관계에 금이 갈 수도 있는 문제로 발전했을지도 모르는데……."

"네."

"용서할 수 없지 않나요?"

"네?"

"실실 쪼개는 이 얼굴을 한 대 때려도 돼요."

"아뇨, 그렇게까지 하지 않아도……."

"아, 걱정하지 마세요. 저희 쪽에서 문제 삼지는 않을 테니."

"왜 제가 카일 왕자를 때리는 쪽으로 이야기를 진행하려고 하시나요……?"

"맞아, 누님! 왜 고집스럽게 날 때리라고 하는 거야?!"

카일 왕자의 말에 나이아 왕녀는 고개를 갸웃했다.

"한 대 맞으면 똑똑해질까 싶어서……."

"내 머리는 그렇게 단순하게 여겨지고 있는 거야?!"

이 사람, 저자세인 척하지만 실은 위험한 사람이야!

"저, 저기, 저는 정말로 신경 쓰지 않습니다……."

"아아, 우사토 님. 정말로 관대하시군요. 여성에게 끈질기게 치근

덕댄 것도 모자라 자기 분수도 모르고서 우사토 님에게 승부를 걸려고 한 어리석은 동생에게 이토록 온정을 베푸시다니……. 저는 무척 감명을 받았습니다. 역시 용사님의 으뜸가는 친구이자, 소문 자자한 구명단 단장 로즈 님의 수제자십니다."

"그런 말을 들을 정도는 아닌데……."

진심으로 하는 말이라는 건 알겠는데 왜 솔직히 기뻐할 수 없는 걸까.

이쪽 정보를 은근히 알고 있는 것도 그렇고, 내가 기뻐할 만한 말을 콕 집어 말해서 그런가.

나이아 왕녀는 나를 보던 시선을 선배와 카즈키 쪽으로 옮겼다.

"스즈네 님을 뵙는 것은 처음인데 정말 수려한 분이시군요. 카즈키 님도 상당한 강자로 보입니다. 이렇게 두 분과 뵙게 되어 영광입니다."

"그, 그런가……?"

"하하하, 뭔가 낯간지럽네……."

평범하게 쑥스러워하는 카즈키와는 반대로 선배는 뭔가를 눈치 챈 것처럼 어색하게 웃었다.

여기서 나도 조금 전까지 느꼈던 위화감의 정체를 알게 됐다.

"여기서 만난 것도 인연이겠죠. 잠시 시간을 내주실 수 있나요?"

"……무슨 용건인지 알 수 있을까요?"

선배가 견제하듯 되물었다.

"잠시 이야기를 하고 싶을 뿐입니다. 물론 시간을 오래 잡아먹지는 않을 거고, 저도 최대한 대접을 해 드리고 싶은데 어떠신지요?"

선배와 눈을 마주친 나는 고개를 한 번 끄덕이고서 나이아 왕녀에게 대답했다.

"죄송합니다. 모처럼 초대해 주셨는데 저희에게 다른 예정이 있어서 이번에는 안 되겠습니다."

"그런가요. 아쉽네요. 회담이 열리는 동안에 기회는 얼마든지 있으니 또 초대하겠습니다."

"……네. 감사합니다."

어색하게 고개를 끄덕이자 나이아 왕녀는 빙그레 웃고서 카일 왕자의 옷깃을 잡았다.

"그럼 저희는 돌아가겠습니다. 다음번에는 회담장에서 뵙겠네요. 그때 또 잘 부탁드립니다. 카일, 설교가 당신을 기다리고 있으니 각오하세요."

"힉?! 누, 누님! 여기까지 와서 설교하겠다고?!"

네 말은 들을 필요가 없다는 듯 나이아 왕녀는 카일 왕자를 질질 끌고 갔다.

그렇게 떠나가는 모습을 지켜보고서 나는 무심코 안도의 숨을 내쉬었다.

"선배, 방금 스카우트하러 왔었던 거죠……?"

"그렇겠지. 설마 왕녀가 직접 이렇게 노골적으로 권유하러 올 줄은 몰랐어."

"권유받는 건 익숙하지만 이 정도일 줄이야. 우사토는 니르바르나 왕국도 조심하는 게 좋을 것 같아. 그 사람들은 무투파라서 분명 우사토를 마음에 들어 할 거야."

"조, 조심할게……."

무슨 완력 승부라도 걸어오려나?

그때, 우리 곁으로 한 학생이 다가왔다.

"오랜만입니다, 우사토 씨."

루크비스의 학생인 회색 머리 소년, 하르파 씨가 정중하게 인사하고서 부드럽게 웃었다.

"아, 혹시 하르파 씨가……."

"네. 기다리시게 해서 죄송합니다. 제가 여러분을 여관까지 안내하겠습니다."

우리를 여관까지 안내할 사람이 온다고 듣긴 했지만 그 사람이 하르파 씨일 줄은 몰랐다.

***

여관까지 안내받으며 하르파 씨와 잡담을 나눴다.

예전에도 생각했지만 하르파 씨와는 은근히 성격이 잘 맞았다.

"학원장님의 지시로 안내해드리게 됐지만, 저도 여러분을 또 뵙게 되어 기쁩니다."

"왠지 처음 만났을 때가 생각나네요."

글래디스 학원장님께도 인사드리러 가고 싶지만, 지금은 바쁘실 테니 적당히 때를 봐서 가기로 할까.

그렇게 생각하고 있으니 보랏빛을 띤 눈으로 우리를 둘러본 하르파 씨가 입을 열었다.

"마지막으로 뵌 것이 몇 달쯤 전인데 다들 몰라보게 성장하셔서 깜짝 놀랐습니다."

"그, 그 정도인가요?"

"네. 각자의 개성이 강하게 느껴지는 특징적인 마력을 띠고 있어요."

우리의 개성이 강하게 느껴지는 마력이라.

하르파 씨의 말에 선배가 흥미를 드러냈다.

"마력으로 성격이나 개성을 알 수 있어?"

"네. 우사토 씨와 싸우고 나서 제가 가진 마시 능력을 더 깊이 이해하자고 생각했거든요. 그 과정에서 마력의 흐름으로 읽을 수 있는 것이 상대의 움직임뿐만이 아님을 알게 됐습니다."

예전에 싸웠을 때는 마력의 흐름을 보고 내 움직임을 파악했었지만 지금은 더 많은 것을 볼 수 있게 됐다는 건가?

"마력의 흐름은 사람에 따라 다릅니다. 그걸 관찰함으로써 상대의 성격이나 대략적인 전투 방식 등을 파악할 수 있죠."

"즉, 싸우기 전부터 상대가 어떤 전법을 구사할지 알 수 있다는 건가?"

"완벽하게 알 수는 없지만요."

카즈키의 말에 고개를 끄덕인 하르파 씨를 보고 나는 남몰래 경악했다.

여행하면서 대인전을 몇 번 치렀지만, 상대에게 생각을 다 간파당한 상태에서 싸운다면 상당히 힘든 싸움이 될 것이다.

"나는 어떤 마력으로 성장했어?"

선배, 굉장히 적극적이네.

"음. 스즈네 씨의 마력은, 이를테면…… 언제든 움직일 수 있게 준비 중인 늑대일까요. 제로 상태에서 금방 한계까지 마력을 끌어낼 수 있을 것 같네요."

혹시 선배의 새로운 전투법인 『마장·뇌수 모드』를 말하는 걸까?

『늑대』라는 말을 들은 선배가 웃으며 돌아보았다.

"우사토 군, 늑대래!"

"개를 잘못 말한 거 아닐까요?"

"응, 스즈네는 강아지 같아."

"너희 확 물어 버린다!"

나와 아마코의 지적에 충격받으면서도 「크앙~!」 하고 위협(?)하는 선배를 달래며, 카즈키의 마력을 빤히 관찰하는 하르파 씨를 보았다.

"카즈키 씨는 조금 표현하기 어려운데…… 파문도 소리도 전혀 없는 수면이라고 할까요. 놀라우리만큼 마력이 정갈해요. 이제껏 본 마력 중에서 가장 고요하고, 예술적이라고 해도 과언이 아닐 만큼 아름다운 마력이에요."

"예, 예술적이라니……."

카즈키의 마력 흐름에는 궁극에 달한 조작 기술이 반영된 거겠지. 실제로 카즈키의 마력 조작은 심상치 않으니까.

"우사토 씨의 마력은…… 흐음."

이쪽을 본 하르파 씨가 턱을 짚었다.

살짝 두근거리며 기다리고 있으니 하르파 씨가 고개를 갸웃했다.

"신기한 마력이네요. 카즈키 씨처럼 고요한 일면도 보이지만 그와 동시에 스즈네 씨 같은 강력함도 느껴져요. 상반되는 두 측면을 가지고 있어요."

"상반되는 두 측면……?"

내 정신적인 면, 혹은 전투 방법의 전환과 관련이 있는 걸까?

"뭐, 우사토라면 이상하지 않지. 이중인격인가 의심스러울 정도로 변하잖아."

"아마코, 나는 이중인격이 아니야. 뭐랄까, 감정이 격해지면 그렇게 되는 거야."

"그건 그것대로 문제 아니야……?"

아마코와 그런 대화를 나누고 있으니 카즈키가 하르파 씨에게 말했다.

"넌 분위기가 부드러워졌어."

"그런가요?"

"응. 예전에 비해 자연스럽게 웃는 느낌이야."

그 말에 하르파 씨는 앞을 보며 기쁜 듯 고개를 끄덕였다.

"여러분이 여행을 떠난 후, 키리하랑 쿄우와 이야기하는 일이 많아졌거든요."

"흐응, 그랬구나."

"부끄럽지만 지금까지 학우들이 절 피해서 제대로 이야기할 수 있는 친구가 생긴 건 오랜만이었어요. 뭐, 자업자득이긴 하지만……."

우리가 루크비스를 떠나기 전에 학원 학생들은 하르파 씨를 무서워했었다.

~~위험한 급소 공격을 다용하며~~ 상대를 철저히 좌절시키는 전투 방식 때문이었는데, 다른 이유가 있었던 걸까?

"저도 어떻게든 해 보려고 늘 웃고 다녔지만, 실은 그것 때문에 다들 절 무서워했던 모양이라…… 하하하."

"하긴, 웃는 얼굴은…… 어렵죠."

"알아주시는 건가요, 우사토 씨."

"네, 잘 알고말고요."

나를 돌아본 하르파 씨를 마주 보며 서로 깊이 고개를 끄덕였다.

나도 키리하나 린카에게 웃는 얼굴로 대했더니 반대로 겁을 줬던 경험이 있었다.

"하르파랑 우사토는 좀 닮았어."

"둘 다 마법을 쓰면서 육탄전이 주체지."

"즉, 하르파 씨도 근육뇌……?"

어이, 거기 꼬마 여우, 은근슬쩍 하르파 씨와 나를 근육뇌 취급하지 마.

불퉁하게 아마코를 노려보고 있으니 목적지에 도착했는지 앞서 걷던 하르파 씨가 발을 멈췄다.

"오오……."

앞을 보자 흰색을 기조로 한 큼직한 건물이 있었다. 전에 없이 고급스러워 보이는 여관이라 나도 모르게 감탄이 흘러나오고 말았다.

"이곳이 바로 여러분이 체재하실 여관입니다."

"크네요."

"나라의 대표자분들이 묵을 곳이니까요. 궁상맞은 여관을 준비할 수는 없죠. 참고로 다른 세 나라의 대표자분들이 묵는 여관도 근처에 있습니다."

하르파 씨가 가리킨 곳을 보니 확실히 눈앞의 여관과 비슷한 건물이 있었고 그 앞에 타국의 기사들이 모여 있었다.

"아, 그리고 뒤편에는 훈련장이 있으니 단련하고 싶을 때는 그곳을 이용하시면 됩니다."

"어? 그런가요? 그럼 감사히 이용하겠습니다."

설마 훈련장까지 딸려 있을 줄은 몰랐다.

아직 여관에 들어가지도 않았는데 이 여관에 대한 내 평가가 폭발적으로 상승했다.

***

각자에게 할당된 방에 짐을 내려놓은 후, 나는 키리하 남매네 집에 가기 위해 여관 밖으로 나왔다.

카즈키에게도 같이 가자고 했지만 여럿이서 들이닥치면 폐가 될 거라며 사양해서 카즈키와는 따로 행동하게 되었다.

결국 나, 이누카미 선배, 아마코, 셋이서 키리하 남매네 집에 가게 됐는데…….

"선배. 이 틈에 말해 둘게요. 얌전히 있어 주세요."

키리하 남매가 사는 집 근처에 왔을 때, 들뜬 모습인 선배에게 일난 못을 박았다.

"응? 왜?"

이 사람, 얌전히 있을 생각이 없었던 건가.

"확실하게 말하자면, 키리하와 쿄우는 선배를 어려워해요."

"어……?"

일변하여 선배의 눈이 공허해졌다.

마음 아프지만 이것도 선배를 위한 일이므로 확실하게 말하자.

"싫어하는 건 아니에요. 선배의 이상하리만큼 업된 기분, 스멀스멀 다가가 귀와 꼬리를 만지려고 하는 태도를 무서워하는 거예요."

"응. 수인들은 인간에게 미움받는 것을 당연하게 인식하니까, 스즈네처럼 먼저 다가오는 인간은 알 수 없는 생물처럼 보일 거야."

"아마코의 말대로, 수인들이 보기에 선배는 이상한 생물이에요."

"그렇게까지 말 안 해도 되잖아. 운다? 엉엉 울어 버린다?"

선배가 적극적으로 커뮤니케이션을 취하려고 하는 것은 결코 나쁜 일이 아니지만, 그 탓에 상대가 질겁하는 것은 좋지 않다.

이쪽을 힐끔힐끔 쳐다보며 우는 척하는 선배를 무시하며 걸어가니 다소 낡은 집이 시선 끝에 보였다.

"그렇게 시간이 많이 지나지도 않았을 텐데 왠지 반갑다."

"그 뒤로 여러 가지 일이 너무 많았기 때문일지도 몰라."

아마코의 말에 고개를 끄덕이자 집 문이 벌컥 열리더니 족제비와 비슷한 둥근 귀가 난 소녀, 키리하가 얼굴을 내밀었다.

키리하는 우리를 발견하고 놀란 표정을 지었으나 이내 웃는 얼굴이 되었다.

"아는 냄새가 다가온다 싶더니 역시 너희였구나!"

"잘 지냈어? 키리하."

"응, 물론이지. 아마코에게 받은 편지로 엄마를 살렸다는 건 알았지만, 설마 이렇게 금방 만나게 될 줄은 몰랐어. 자, 안으로 들어와."

키리하에게 재촉받아 안으로 들어가자 그녀는 2층으로 가는 계단을 올려다보며 쿄우를 불렀다.

"쿄우, 내려와! 정말이지, 아무리 휴교가 계속되고 있다지만 쿄우는 너무 게을러. 스즈네도 오랜만이야. 보아하니…… 응, 건강한 것 같네."

"또 만나게 돼서 기뻐. 꼬리 만져도 돼?"

"여, 여전하구나."

그런 부분 말이에요, 선배.

자신의 욕망을 억누르지 못하는 선배를 보고 아마코가 내게 소리 죽여 말했다.

"우사토, 여차하면 스즈네를 막아 줘."

"너도 노력해 줘……."

"무리야. 스즈네를 막을 수 있는 사람은 우사토뿐인걸."

나는 무슨 이누카미 선배용 최종 병기인가?

석연치 않은 기분을 느끼고 있으니 위층에서 쿄우가 하품하며 내려왔다.

"흐암, 졸려⋯⋯."

"나 왔어, 쿄우."

"오～ 오랜만이야. 의외로 빨리 왔네."

쿄우의 말에 동의하듯 키리하가 고개를 갸웃했다.

"나도 너희와 만나서 기쁘긴 한데 오늘은 대체 어쩐 일이야? 설마 여기서 열리는 4왕국 회담과 관련 있어?"

"나랑 우사토 군은 링글 왕국의 대표로 오늘 이곳에 왔어."

키리하의 물음에 선배가 대답했다.

"서신 다음에는 회담인가. 너희도 고생이네."

"나라면 그런 귀찮은 일은 안 받았을 거야."

"하하하, 나한테도 책임이 있으니까."

곤란한 얼굴로 볼을 긁적이고서 쿄우는 팔짱을 끼며 웃었다.

"뭐, 그 덕분에 우리는 학원을 쉬고 있지만! 이야～ 어떤 의미에서 너희 덕분에 이렇게 휴식을 만끽할 수—."

"그렇게 한가하면 밖에서 일하고 와."

"—역시 휴일은 공부하느라 바빠서 전혀 짬이 안 날 것 같아!"

키리하가 찌릿 노려보자 쿄우가 허둥지둥 말했다.

뭐랄까, 변함없이 쿄우는 누나한테 꼼짝 못 하는구나.

"쿄우는 나중에 밖에 내쫓기로 하고⋯⋯ 아마코가 건강해 보여서 다행이야. 그 뒤로 위험한 일은 안 겪었어?"

"최근 있었던 위험한 일이라면 스즈네에게 베개처럼 껴안길 뻔한 것 정도지."

"뭐?"

"아, 아마코! 그것 말고도 이것저것 있었잖아!"

아마코가 아무렇지도 않게 선배의 소행을 폭로하자 옆에 있는 선배가 당황했다.

키리하와 쿄우는 필사적인 선배를 보고 슬쩍 뒤로 물러났다.

"위험한 일은 잔뜩 겪었지만 괜찮았어. 그리고 우사토 덕분에 엄마도 살아났고."

"잔뜩 겪었다니……."

"좀비에게 습격받고, 용과 싸우고, 이것저것."

"아, 아하하, 잠시 못 본 사이에 농담도 하게 됐구나…… 어? 농담이지?"

"후후, 글쎄."

아마코의 애매한 대답에 키리하는 어색하게 웃으며 화제를 바꿨다.

"보, 본국에서 있었던 소동은 가족에게 들었어. 뭔가 큰일이 있었다며?"

벌써 두 사람에게까지 정보가 전해졌나.

키리하네 본가는 린카의 조부인 카가리 씨가 살던 곳 같은 외딴 마을이었지?

"뭐, 자그마한 소동에 휘말렸었지."

"내란 소동이 자그마한 일은 아니잖아. 대체 무슨 일이 있었던 거야?"

쿄우도 궁금한 듯했다.

아마코가 소동의 경위를 설명하자 두 사람은 복잡한 표정을 지었다.

"본국에는 가 본 적 없지만, 아마코네 엄마는 그런 이유로 잠들었던 거구나. 족장도 별 웃기는 짓을 다 하네……. 확실하게 혼쭐을 낸 거지?"

"응. 우사토가 아주 본때를 보여 줬어. 맨손으로 칼을 부수기도 하고, 대단했어."

"그, 그랬구나……. 뭐, 너라면 이상한 일은 아니지, 응."

"보통은 안 믿겠지만, 너라면……."

어째선지 쿄우와 키리하에게 다른 방향으로 신뢰를 얻은 것 같았다.

"그래도 엄마가 건강해져서 다행이네, 아마코."

"응."

아마코가 기쁘게 고개를 끄덕였다.

"하지만 만약 족장을 막지 못했다면 수인족은 인간과 싸우게 됐을지도 모르는 거지? 정말로 다행이야……."

심각한 표정으로 키리하가 그렇게 중얼거렸다.

루크비스에 다니는 키리하에게는 간담이 서늘해지는 이야기였을 것이다.

"임시지만, 믿을 수 있는 사람이 새로운 족장으로서 히노모토를 아우르고 있으니까 앞으로는 그런 일 없을 거야."

"그래……."

키리하는 안도하여 가슴을 쓸어내렸다.

이야기노 일단락되었기에 나는 오늘 이곳을 찾아온 또 다른 용건을 말하기로 했다.

"키리하, 우리가 여기 체재하는 동안 아마코를 이곳에 맡기고 싶어."

"그런 거라면 전혀 상관없어. 이유는 저번과 똑같은 거지?"

"맞아. 아마코도 괜찮지?"

"응."

아마코가 고개를 끄덕여서 한시름 놓자 이번에는 쿄우가 말했다.

"우사토는 어쩔 거야? 너도 여기 묵을 거야?"

선배가 기대 어린 시선을 내게 보냈지만 이번만큼은 그 요망에 부응할 수 없었다.

"마음은 그러고 싶지만, 이번에는 회담장 근처에 있어야 하니까 글래디스 학원장님이 준비해 주신 여관에 묵으려고."

"그런가. 뭐, 저번과는 사정이 다르니 그 부분은 어쩔 수 없지."

역시 내게 주어진 사명을 우선해야 하고, 아마코가 불편하게 눈치 보지 않기를 원하기에 여기 있는 동안은 키리하 남매네 집에 맡기자고 생각한 것이다.

아무튼 목적은 이루었으니 오늘은 이만 여관에 돌아갈까.

"그럼 슬슬 돌아갈게."

"벌써 가게?"

"응. 여관에서 친구가 기다리고 있거든."

카즈키를 계속 혼자 두기도 미안하니 빨리 돌아가야지.

자리에서 일어난 나는 아마코에게 시선을 옮겼다.

"아마코, 키리하랑 쿄우한테 너무 폐 끼치지 마."

"난 어린애도 아니고, 폐도 안 끼쳐."

"하하! 그것도 그러네."

그럼 우리도 폐 끼치지 않게 돌아가자.

"선배."

"있지, 우사토 군."

"안 돼요."

"아직 아무 말도 안 했어!"

"키리하네 집에 묵고 싶다고 하려는 거잖아요? 아까 선배의 모습을 보면 그 정도는 알 수 있어요."

"여, 역시 우사토 군, 나를 잘 아는구나……!"

당신의 행동을 보면 간단히 알 수 있을 텐데요.

"우, 우사토 군, 제발! 평생의 소원이야! 나…… 뭐, 뭐든 할 테니까!"

"뭐든 하겠다고요? 그럼 여기 묵는 건 포기해 주세요."

"미소녀의 「뭐든 하겠다」를 너무 아무렇게나 쓰는 거 아니야?!"

콰광 하고 충격받는 선배를 보며 키리하는 난처하게 웃었고 쿄우는 성큼 물러났다.

그런 두 사람의 시선을 눈치채지 못하는 선배의 모습에 한 번 더 한숨을 쉰 나는 선배의 등을 떠밀며 그들의 집을 뒤로했다.

＊＊＊

"으으, 우사토 군 너무해. 악마야, 귀신이야……."

여전히 꽁해 있는 선배를 달래며 여관에서 기다리고 있을 카즈키 곁으로 향했다.

"아직 날이 밝으니까 돌아가면 카즈키랑 같이 거리를 산책해도 괜찮겠네."

"……나는?"

"물론 선배도 같이 가야죠. 그러니까 그렇게 뾰로통해 있지 마세요."

"흐, 흐응~ 우사토 군이 그렇게까지 말한다면 기분을 풀어 줄 수도—."

"아, 그럼 됐어요."

"미안해! 매우 반성하고 있어! 제발 나도 데려가 줘!"

평소 모습으로 돌아온 선배와 함께 길을 걷고 있으니 여관이 있는 큰길에서 낯익은 문장이 새겨진 마차를 발견했다.

"왜 그래? 우사토 군."

멈춰 선 나를 의아하게 여겼는지 선배도 내 시선 끝에 있는 마차를 보았다.

"저 마차가 왜?"

"사마리알의 문장이 새겨져 있어요."

"사마리알이라면 우사토 군이 갔던 나라?"

"네."

그 마차가 이쪽으로 다가오는 것을 보고 선배가 고개를 갸웃했다.

"근데 호위의 수가 유난히 많네. 우리의 세 배…… 아니, 다섯 배쯤 되는 인원이야."

"그러네요. 혹시 대신이라든가 그런 신분 높은 사람이 안에 있을지도 몰—?!"

말도 안 되는 상상을 살짝 하고 말았지만 역시 그렇지는 않을 것이다.

내 상태를 알아차린 선배가 걱정스럽게 어깨에 손을 얹었다.

"모습이 이상해. 괜찮아?"

"괘, 괜찮아요. 좀 황당무계한 상상을 했을 뿐이에요."

"그, 그래……? 근데 이렇게 호위가 많이 붙은 걸 보면 상당히 대단한 사람이 왔다는 거겠지. 아, 어쩌면 우사토 군이 구했다는 공주님과 임금님이 타고 있을지도 몰라!"

"하하하. 임금님이 직접 오다니, 그럴 리가 없잖아요."

"우사토 군, 굉장히 동요하고 있는데……?"

그럴 수도 있어……! 그 부녀라면 그럴지도 몰라……!

눈앞을 지나치려 하는 마차를 보며 내심 식은땀을 흘리고 있는데 마차를 호위하는 기사들의 모습이 눈길을 끌었다.

"하늘색 갑옷……."

기사들은 예쁜 하늘색 갑옷을 입고 있었다.

마차 주변을 지키는 기사는 전원이 여성이었고, 그 수는 약 스무 명이나 되었다.

내가 방문했을 때는 본 적 없는 집단이라 흥미로워하고 있자니, 우리 앞에서 돌연 마차가 멈췄다.

"정렬!"

리더로 보이는 기사의 늠름한 목소리가 울리자 하늘색 기사들이 마차를 에워싸며 정렬했다.

마부가 천천히 마차 문을 여니 그 너머에 너무나도 익숙한 인물이 있었다.

"안녕, 우사토. 잘 지냈나!"

그러면서 엄지를 척 치켜든 사람은 사마리알의 국왕, 루카스 우르드 사마리알 님이었다.

설마설마했던 본인 등장에 실신할 것 같은 기분을 느끼며 나는 어떻게든 말을 건넸다.

"왜, 왜 여기 계신 거예요? 당신은 사마리알의 임금님이잖아요?!"

"엇, 정말로 임금님?! 어떻게 된 거야, 우사토 군?!"

옆에 있던 선배도 전혀 예상치 못한 인물의 등장에 깜짝 놀랐다.

정작 루카스 님은 의기양양한 표정이었다.

"훗, 이상한 질문을 하는구나. 페그니스 대신 보낼 사람이 없었기에 내가 직접 왔을 뿐이야. 그리고 이번 회담에는 내가 직접 오는 편이 여러모로 이야기가 진행되기 쉬울 것 같았거든."

조리 있는 것 같으면서도 다른 의도가 느껴지는 이 말투는 뭐지.

아연해하는 나를 내버려 두고서 루카스 님은 내 옆에 있는 선배에게 시선을 보냈다.

"오, 그쪽의 미녀는 익히 들은 용사인 것 같군. 만나서 반갑네. 나는 사마리알의 국왕, 루카스 우르드 사마리알이야."

"요, 용사 이누카미 스즈네입니다."

"하하하! 긴장 안 해도 돼. 우사토의 친구라면 내 친구와도 같지."

로이드 님과는 방향성이 다른 국왕이라 선배도 곤혹스러워했다.

루카스 님의 말에 애매하게 고개를 끄덕인 선배는 곧장 나를 돌아보더니 소리 죽여 말했다.

"우사토 군, 굉장히 프렌들리하고 굉장히 댄디한 사람인데?! 내가 밀리다니 엄청난 일이야!"

"자각은 있었군요……. 하지만 안심하세요. 이분은 이게 보통이에요."

소리 죽여 대화하고 있으니 우리를 지켜보던 루카스 님이 마차 안으로 시선을 옮겼다.

"응? 아아, 미안. 못 기다리겠나 보구나. 그럼 마음껏 보고 와."

"네! 아바마마!"

맑고 명료한 목소리가 들린 순간, 마차에서 한 소녀가 뛰쳐나왔고— 마차 가장자리에 발이 걸려 균형을 잃었다.

"어이쿠."

반사적으로 움직인 나는 가능한 한 충격이 없도록 그녀를 받았다.

그때, 내 양옆에 있던 하늘색 기사들이 나직이 중얼거렸다.

『최고다……!』

"응?"

『크흠!』

뭔가 불온한 목소리가 들린 것 같은데…….

아무튼 순간적으로 받은 소녀— 에바가 다치지 않았는지 확인해야겠지.

"다치진 않았어?"

"가, 감사합니다!"

"뭐야, 이 전개……?! 나랑 같이 있을 때는 이런 이벤트 한 번도 안 일어났잖아!"

뒤에 있는 선배는 잠깐 무시하자.

상황을 납득하지 못하는 선배에게서 에바에게로 시선을 되돌리자 그녀는 내 오른손을 양손으로 감싸듯 잡고 꽃처럼 웃었다.

"오랜만이에요, 우사토 씨!"

"응. 오랜만이야. 잘 지냈어?"

"네! 또 뵙게 되어서 정말로 기뻐요……. 아!"

뭔가를 알아차렸는지 말을 멈춘 에바는 뺨을 물들이며 수줍어했다.

"에헤헤, 이번에는 이름을 틀리지 않았어요."

"……!"

가슴에 호소하는 듯한 이 감각은 뭐지.

구명단에서 내가 잃어버린 것을 되찾을 수 있을 듯한 기분이다.

설마 이것이 마음……?

"저기, 우사토 군. 그 아이는……?"

"핫?! 소, 소개할게요. 이 아이는—."

"아, 괜찮아요. 확실하게 자기소개를 연습해 왔으니까요!"

선배의 복소리를 듣고 현실로 돌아온 내게 에바는 자신만만한 모습으로 의욕을 보였다.

조금 흐뭇하게 여기며 선배 앞으로 에바를 보내자 그녀는 다소 긴장한 얼굴로 더듬더듬 자기소개를 시작했다.

"처음 뵙겠습니다! 저는 사마리알 왕국의 왕녀, 에바 우르드 사마리알이라고 해요! 당신은 용사…… 스, 스류메[#2] 씨죠?!"

……어라, 어디선가 본 적 있는 광경인데?

씹을수록 맛있을 것 같은 이름으로 불린 선배는 충격받은 나머지 반쯤 웃은 채로 굳어 버렸다.

"아, 저, 또 발음이 샜는데……! 그게…… 스즈네 씨…… 죄송해요……."

안절부절못하는 에바에게, 재기동한 선배는 넋이 나간 모습으로 말했다.

"갠차나! 잘 부타케!"

기계처럼 그렇게 대답한 선배를 보고 불안해하던 에바가 웃음을 되찾았다.

그런 두 사람의 모습에 이마를 짚고 있자 에바 뒤에 있는 하늘색

#2 **스류메** 일본어로 스루메는 마른오징어를 뜻한다.

기사들이 뭔가 이야기하는 소리가 들렸다.

『공주님, 그겁니다! 좀 더 상대의 마음을 후벼 파는 거예요!』

『일단은 견제! 견제예요!』

『이게 바로 소문으로 듣던 삼각관계……!』

『역시 학생들이 모이는 도시, 내가 잊어버린 청춘으로 돌아가는 곳…….』

즉각 기사들의 목소리를 차단한 내게 빈틈 따위 없었다.

투구 속에서 웅얼거리는 소리는 안 들린다. 유감스러운 목소리 따위 안 들린다면 안 들리는 거다.

루카스 님이 여관 근처까지 태워 주겠다고 제안해서 우리는 어쩌다 보니 사마리알의 마차를 타게 되었다.

내 옆에 이누카미 선배가 앉았고, 맞은편에는 에바와 루카스 님.

면접받는 기분을 느끼는 가운데, 마차는 천천히 나아갔다.

"거참, 설마 두 번이나 딸을 구해 줄 줄은 몰랐어."

"하하하, 그렇게 거창한 일은 아니었어요."

"응. 이건 뭔가 답례를 해야겠지."

"아뇨, 그저 떨어지는 걸 받았을 뿐인데 답례까지는……."

"사양하지 말고 꼭 받았으면 좋겠군."

"거절하겠습니다."

"에이, 그렇게 말하지 말고."

"왜 제게 은혜를 베풀려고 하시는 거예요?"

"왜 너는 고집스럽게 안 받는 거야?"

루카스 님과 내 시선이 교차했다.

틀림없이 뭔가 의도가 있었다. 구체적으로는 눈앞에서 의아해하며 고개를 갸웃하는 에바 관련으로.

"후우우, 아바마마와 우사토 씨는 사이가 좋네요. 그렇죠? 스즈네 씨."

"어?! 그, 그러게……."

처음 보는 상대에게도 늘 당찬 선배가 반대로 압도되고 있으니 내가 루카스 님에게 물어볼 수밖에 없었다.

"루카스 님, 왜 직접 회담에 오셨나요? 아무리 대역을 준비하지 못했다지만 국왕이 직접 오는 건 쉽지 않은 일이잖아요."

"응. 확실히 네 말이 맞아. 내가 여기 온 이유는 두 가지야."

"두 가지……?"

의문스러워하는 내게 루카스 님은 검지를 세우고서 이야기했다.

"먼저 첫 번째, 회담에 모이는 구성원들 때문이지."

"4개국의 대표 말인가요?"

"그래. 링글, 캄헤리오, 니르바르나, 그리고 사마리알. 네 나라의 관계는 크게 문제가…… 없다고는 할 수 없지만, 그건 걱정하지 않아도 돼. 하지만 이들이 같은 장소에서 이야기를 나누면 반드시 의식 차이가 드러나."

"의식 차이요?"

"진지하게 마왕군과의 싸움에 대비하려고 하는 링글 왕국. 용사

161

에게 힘을 빌려주기 위해 싸움에 임하는 캄헤리오 왕국. 그리고 순수한 투쟁심만으로 참가하는 니르바르나 왕국. 다들 마왕군과 싸운다는 똑같은 뜻을 가지고 있지만 그 방식은 반드시 어디선가 달라져."

확실히 각자 어긋나 있는 느낌은 든다.

"그걸 똑같은 레일로 잘 유도하려면 이야기를 원활하게 진행하는 역할이 필요해."

"그게 루카스 님이라는 건가요?"

"그렇지. 아마 로이드는 마왕군과의 싸움을 준비하느라 바쁠 거야. 그런 가운데 개성적인 자들이 모이는 회담을 운영할 수 있을 리도 없고. 어느 정도 지위와 발언력이 있는 자가 아니면 회담을 아우를 수 없어."

루카스 님은 회담을 확실하게 생각하고 계시는구나……

"감사합니다."

"너에게 받은 은혜가 있으니 이 정도는 해야지."

"또 다른 이유는 뭔가요?"

첫 번째 이유가 이거라면 두 번째도 중대한 이유이지 않을까?

그렇게 생각하고 긴장하자 어깨에서 힘을 뺀 루카스 님이 쾌활하게 웃었다.

"에바의 사회 공부!"

몸에서 힘이 쭉 빠졌다.

확실히 지금껏 바깥세상을 모르고 살았던 에바에게 이번 회담은 다시없는 기회이긴 했다.

"네 기분도 이해하지만 걱정하지 않아도 돼. 엄선한 기사들을 호위로 데려왔으니까. 그녀들이 있으면 에바도 안전하겠지."

"밖에 있는 하늘색 갑옷을 입은 기사들 말인가요?"

"그래. 페그니스의 후임으로 편성한 부대야. 각각의 실력은 물론이고, 집단전에서 비할 데 없이 강한 자들이지."

어쩌면 아까 밖에서 들었던 중얼거림은 환청이었을지도 모른다.

루카스 님이 신뢰하는 사람들이니 상당한 실력자임은 틀림없을 듯했다.

"다들 굉장히 재미있는 분들이에요. 제가 몰랐던 것을 잔뜩 가르쳐 주세요."

"흐응, 예를 들어 어떤 걸 가르쳐 주는데?"

흥미가 일었는지 선배가 그렇게 질문하자 에바는 마차 천장을 올려다보고 검지를 세웠다.

"음. 대어를 놓치지 않는 방법이라든가, 사냥의 기본이라든가, 요리 같은 것들이요."

공주님이 배우기에는 뭔가 좀 살벌한 것 같지만, 에바는 모든 것이 새로워서 기쁘겠지.

"무자각 신부 수업이라니……?!"

"선배, 왜 그러세요?"

"아니, 아무것도 아니야. 사마리알의 영재 교육에 좀 경악했을 뿐……."

뭔가에 전율하는 선배의 모습에 당황하면서 바깥 경치를 보았다.

"루카스 님. 저희 숙소는 이 근처이니 여기서 내려도 될까요?"

"그래, 알았다."

루카스 님의 지시로 마차가 멈추고 문이 열렸다.

선배와 함께 마차에서 내려 루카스 님과 에바를 돌아보았다.

"여기까지 태워 주셔서 감사합니다. 에바도, 시간 나면 또 얘기하자."

"다음에 또 봐, 에바."

"네!"

기뻐하며 고개를 끄덕인 에바에게 손을 흔들고 헤어진 나는 선배와 함께 여관을 향해 걷기 시작했다.

그러는 중에 선배가 주먹을 불끈 쥐며 내게 얼굴을 돌렸다.

"우사토 군!"

"예? 왜 갑자기 그렇게 크게 부르시는 거죠……."

"우사토 군, 나는 이 세계에서 최대의 호적수를 찾은 것 같아……!"

"네, 네에……? 으음, 힘내세요?"

"응, 힘낼게!"

어째선지 의욕 넘치는 선배를 이상하게 여기며 앞을 돌아보았다.

확인할 수 있는 선에서 사마리알과 캄헤리오의 대표자들과 만날 수 있었다.

남은 것은 카즈키가 말했던 니르바르나 왕국.

무투파 사람들인 것 같으니 나도 트집 잡히지 않게 조심하는 편이 좋겠지.

❀제8화 유유상종?!

甲板에서 카스키와 합류한 우리는 웰시 씨와 시구르스 씨가 돌아올 때까지 내일에 대비해 휴식했다.

여행 경험도 있어서 체력적으로 지치지는 않았지만 산책하러 가지는 않았다. 오늘은 여러 사람과 만났으니 정신적으로 피곤했던 것일지도 모른다.

"그럼 여러분. 내일 열릴 회담의 자세한 내용을 설명해 드리겠습니다."

저녁 식사 후, 미리 의자와 테이블이 준비되어 있던 방에 모인 우리에게 웰시 씨가 내일 예정을 설명해 주었다.

중대한 회담이라고 하니, 역시 긴장되었다. 실수하지는 않을지 걱정이다.

"지난번에 말씀드렸지만, 이 회담은 여러분과 각국 대표의 대면이라는 명목도 있으므로 그 직함에 걸맞은 행동을 유념해 주세요."

"그래, 알고 있어. 그렇지? 우사토."

"응, 물론이지. 내일 회담에서는 단장님 모드로 가겠어요."

카즈키의 말에 동의한 나는 미간에 힘을 줘서 잔뜩 언짢은 분위기로 웃었다. 그러자 웰시 씨가 어색하게 웃는 얼굴로 고개를 끄덕거렸다.

"웰시, 회담은 얼마나 오래 해?"

"내용에 따라 다르겠지만 아마 하루 만에 끝나진 않을 거예요. 각 왕국이 마왕군과 싸울 때 가세하는 원군의 수. 그에 따라 예상되는 부담과 손해 등, 자세하게 이야기를 나누고 결정해야 하니까요."

"하긴, 도움을 요청했다고 끝일 리는 없지. 우리는 마왕군과 싸운 뒤의 일도 생각해야 하는구나."

그렇게 중얼거리고서 사색하는 선배를 보고 실례지만 조금 의외라고 생각하고 말았다.

"아, 선배. 지금 살짝 학생회장 같았어요."

"원래 세계에서도 학생회장이었는데……?"

"지금은 완전히 죽은 설정이 됐잖아요."

"뭐?! 나, 나도 그럴 마음만 먹으면 능력 있는 학생회장 설정을 살릴 수 있어!"

내숭이었다고는 하나 실제로 쿨뷰티 학생회장이긴 했었다.

지금은 그런 모습이 흔적도 없이 사라져서 코믹하고 감정이 풍부한 즐거운 선배가 되어 버렸지만.

"이, 이야기를 계속할게요. 오늘 갑자기 정해진 일인데…… 우사토 님."

"네."

"마왕군의 군단장과 단독으로 싸운 경험이 있는 우사토 님이 회담 중에 당시 상황을 설명해 주셨으면 한다는군요."

"예?"

각국의 대표 앞에서 코가와 싸웠을 때의 상황을 설명하라고?

많은 사람 앞에서 이야기하는 것에 익숙하지 않은 내게 그건 매우 난이도가 높은 일이었다.

"설명은 저희가 하겠다고 했지만, 니르바르나 왕국과 캄헤리오 왕국의 대표가 우사토 님의 입으로 듣고 싶다고 희망하셔서…… 죄송합니다."

"아, 사과하지 않으셔도 돼요! 하지만 저는 히노모…… 수인의 나라에서 일어난 일에 관해서는 얘기할 수 없는데요……."

히노모토에서 일어난 내란 소동은 자칫하면 인간의 영역에까지 영향을 줄 수도 있었다.

내가 무슨 걱정을 하는지 안 웰시 씨가 고개를 가로저었다.

"그 부분은 「수인족에게 협력받으려고 한 마왕군의 계획을 저지했다」라는 형태로 설명해 뒀어요."

"그럼 괜찮겠네요."

거짓말은 아니었다.

확실히 코가 일행은 협력을 받으려고 수인족의 족장인 진야 씨와 교섭했다.

그것을 저지하기 위해, 그리고 아마코를 구하기 위해 우리가 움직인 결과, 코가와 싸우게 됐지…….

"우사토 님은 군단장과 싸우게 된 과정이 아니라 그 경이적인 전투력에 관해 설명해 주시면 돼요. 솔직히 군단장급의 실력을 가진 마족과 싸운 경험이 있는 사람은 우사토 님과 기사 아르크 씨……
그리고 로즈 님뿐이에요."

로즈도? 혹시 로즈의 오른쪽 눈에 상처를 냈다는 마족, 네로 아
젠스일까?

……아니, 지금 신경 쓸 사항은 아니다.

"하지만 치유마법사인 제가 설명해도 될까요? 타국에서는 치유
마법사에 대한 인식이 아직 개선되지 않았잖아요."

"그건 걱정하지 않으셔도 돼요. 사마리알과 캄헤리오 왕국은 우
사토 님을 인정하고 있어요. 그리고 니르바르나 왕국은…… 아마
괜찮겠죠."

"네? 어째서요?"

"니르바르나 왕국 분들은, 뭐랄까…… 좋은 의미로도 나쁜 의미로
도 완력으로 해결하는 분들이니 우사토 님이라면 괜찮을 거예요."

굉장히 멋지게 웃으며 말씀하시네요.

카즈키도 납득했다는 듯 고개를 끄덕이고 있고…….

뭐야? 니르바르나 왕국의 대표자들은 근육만 봐도 전투력을 아
는 거야? 아니면 주먹다짐을 하고 인정한다거나? 그렇다면 쉽
겠…… 아니, 아니야! 겉모습은 로즈가 됐어도 나는 평범한 문명인
이라고! 뭐든 주먹으로 단정 짓는 그런 야만스러운 짓은 하지 않아!

"아, 안심하세요. 니르바르나 대표는 무척 밝은 분이셨어요."

"하, 하아……."

안심해도 되는 건지 알 수 없는 정보에 애매하게 대답했다.

거기서 내 이야기는 끝났는지 웰시 씨는 다음 이야기로 넘어갔다.

"다음으로, 회담과는 별개로 교류전이 있을 거예요."

"교류전?"

"합동 연습 같은 거죠. 각 왕국의 병사들끼리 연습하면서 전투 방식이나 진형 등을 파악하고 더 깊이 연계하는 것이 목적이에요."

"하긴, 네 왕국의 전력이 모이면 여러 가지로 차이 나는 부분도 있을 테니 교류전 같은 이벤트는 필요하겠네."

선배는 납득하고 고개를 끄덕였다.

나도 거기에 참가하는 걸까? 가능하다면 각 왕국의 갑옷이나 전투복을 확인해 두고 싶다.

"그때 스즈네 님과 카즈키 님이 용사의 힘을 선보이는 자리가 마련될 거예요."

"용사의 힘이라니…… 우리는 뭘 하면 돼?"

"준비된 과녁을 마법이나 무기로 공격하면 된다더군요."

예전에 루크비스에서 학생들에게 보여 줬던 것과 똑같은 형식인가.

하지만 용사의 힘을 보이는 것이라면 나와는 상관없을 것 같다.

그런 생각을 하고 있으니 선배가 들뜬 모습으로 웰시 씨에게 바싹 다가갔다.

"웰시! 보여 줄 기술은 뭐든 상관없는 거야?!"

"아, 네. 과녁도 튼튼한 것으로 준비했을 테니 상당한 충격도 버틸 수 있을 거예요."

"좋았어! 그럼 지금부터 선보일 기술을 생각해야지!"

선배는 이런 행사를 정말로 좋아하는구나.

신난 선배를 보고 곤란해하는 웰시 씨와 눈이 마주친 나는 무심코 쓴웃음을 짓고 말았다.

＊＊＊

회담이 열리는 날 아침.

이제 막 동이 트는 시간에 나는 긴장을 풀기 위해 일과인 훈련을 하고자 훈련장에 왔지만— 나 말고도 새벽부터 훈련장을 이용 중인 사람이 있어서 깜짝 놀랐다.

『흠! 흐읍! 하아아!』

키 큰 남자가 훈련장의 과녁을 상대로 단련 중이었다.

오른손에는 손도끼, 왼손에는 철이 대부분을 차지하는 원형 방패를 들고 무시무시한 속도로 힘차게 무기를 다루는 남성의 훈련에 눈이 휘둥그레졌다.

"심지어 아까까지는 곤봉과 창을 쓰고 있었지……."

무엇보다 놀란 것은 다루는 무기에 따라 그의 전투 방식이 크게 바뀐다는 점이었다.

"아니, 집중하자."

함부로 쳐다보는 것도 실례고, 나는 내 훈련이나 하자.

그렇게 생각하여 달리기에 집중하려고 하니.

"이봐~ 거기 소년."

조금 전까지 과녁을 상대로 훈련 중이던 남자가 나를 향해 손을 흔들었다.

나이는 30대 전반쯤. 나보다 머리 하나는 더 컸고, 멀리서는 호리호리해 보였던 육체도 자세히 보니 상당히 단련되어 있는 거 간았다.

"무슨 일이신가요?"

"나처럼 여기서 훈련하는 게 신경 쓰여서 말을 걸고 말았어. 너는 루크비스의 학생인가?"

"아뇨, 저는 링글 왕국에서 왔습니다."

"호오, 링글 왕국에서……. 뭐, 지금 그건 상관없겠지. 내 이름은 하이드. 니르바르나 왕국에서 왔다."

"저는 우사토 켄이라고 합니다."

"우사토……? 그랬군. 시구르스가 말했던 게 너였나."

"네?"

"아아, 신경 쓰지 않아도 돼. 그보다도…… 흠, 실례하마."

"우왓?!"

하이드 씨가 양쪽 어깨와 팔을 손바닥으로 가볍게 쳤다.

"음?! 흐음, 과연."

"어, 저기……."

반론을 허락하지 않는 위압감에 조금 당황했지만, 바로 손을 거둔 하이드 씨는 씩 웃었다.

"너와는 친해질 수 있을 것 같군!"

"예……?"

근육으로 뭔가를 이해한 것 같은데 뭐지.

지금까지 만난 적 있는 것 같으면서도 만난 적 없는 성격이었다. 니르바르나 왕국 사람이라고 했는데, 정말 카즈키와 웰시 씨가 말한 대로구나.

"하이드 씨도 훈련하고 계셨던 거죠?"

"그래. 하루라도 훈련을 빼먹으면 생활 리듬이 망가지는 것 같아서 말이야. 하지 말라고 해도 하게 돼."

"이해해요."

"이해해 주는 건가?!"

"네!"

서로 고개를 끄덕이며 하이드 씨의 뒤에 있는 훈련 도구를 보았다.

확인할 수 있는 것만 따져도 곤봉, 창, 할버드, 검, 손도끼 등 상당한 종류가 있었다.

"이렇게 많은 무기를 다룰 줄 아시나요?"

"다룰 수 있는 수는 많아도 숙련도가 낮은 것은 일류와는 거리가 멀어. 하지만 우리 니르바르나의 전사는 온갖 상황에서의 전투를 상정하지. 무기 다루는 법을 몸으로 기억하면 적의 공격을 예측하거나, 빼앗은 무기를 바로 자기 것으로 다룰 수 있어."

"그렇군요……."

무기 다루는 법을 알아 두면 상대가 그 무기를 쓸 때의 대처법을 알 수 있다는 생각은 해 본 적도 없었다.

"뭐, 내가 주로 다루는 건 도끼와 방패지만 말이야. 검은 전사들에게 인기 있는 무기지만, 도끼에도 좋은 점은 있어. 이야기해도 될까?"

"아, 네. 말씀하세요."

그렇게 눈을 빈끽이며 말씀하시면 고개를 끄덕일 수밖에 없는데요.

만족스럽게 고개를 끄덕인 하이드 씨는 지면에 내려 뒀던 손도끼와 원형 방패를 주워 가볍게 휘둘렀다.

"강하고, 무겁고, 이가 빠져도 별로 상관없지. 장기전에서는 검보다 뛰어나다는 게 이 녀석의 이점이야."

"확실히 도끼는 공격 하나하나가 무겁고, 사용자의 힘이 더해지면 정면으로 상대의 방어를 깨부술 수 있으니 말이죠."

"아무렴, 그렇다마다."

그렇다는 것 같다.

카론 씨와의 싸움을 떠올리고 솔직하게 말해 봤는데 내가 반응해서 굉장히 기쁜 듯했다.

나도 하이드 씨의 이야기에는 흥미가 있었기에 방해되지 않는 선에서 질문했다.

"하이드 씨, 다른 무기의 대처법이나 다루는 법도 가르쳐 주실 수 있을까요?"

"물론이지. 우리 신입도 보고 배웠으면 싶을 만큼 근면하군! 그럼 다음은 검인데ㅡ."

검을 들고 설명해 주는 그의 이야기를 나는 한마디도 놓치지 않기 위해 귀 기울여 들었다.

"—검을 다루는 전사는 이런 방법으로 대처하면 돼."

어느새 하이드 씨의 말에 집중하고 있었다.

나는 무기를 쓰지 않지만 그 대처 방법은 꽤 유용했다. 마왕군 병사 중에는 도끼나 검 등을 다루는 자도 많으니까.

진지하게 경청하는 나를 보고 하이드 씨는 쾌활하게 웃었다.

"하하하! 이렇게 가르치는 보람이 있는 젊은이는 오랜만이군. 요즘 신입들은 자신이 다루는 무기 외에는 알려고도 하지 않는데 말이야."

"무척 참고가 됐어요. 정말 감사합니다."

"이런 아저씨의 장광설을 재미있게 들어 줬으니 내가 더 고맙지."

설명이 굉장히 알기 쉬웠다.

혹시 하이드 씨는 니르바르나 왕국에서 교관이나 뭐 그런 일을 하는 사람인가?

"흠, 슬슬 시간이 됐군. 시간은 참 순식간에 지나가."

완전히 밝아진 하늘을 보고 하이드 씨가 그렇게 중얼거렸다.

"훈련을 방해해서 미안하다, 우사토."

"아뇨! 하이드 씨의 이야기, 무척 공부가 됐어요!"

"그렇게 말해 주니 기쁘군. ……나는 슬슬 갈 건데 너는 어쩔 거지?"

"저도 슬슬 여관에 돌아가려고요."

내 말에 고개를 끄덕인 하이드 씨는 훈련장 출구로 발길을 돌려 그대로 걸어가려다가— 그 전에 나를 돌아보고 손을 흔들었다.

"회담장에서 또 만나자, 젊은 치유마법사!"

"……?!"

깜짝 놀라는 나를 보고 즐겁게 웃은 하이드 씨가 훈련장을 뒤로 했다.

설마 처음부터 날 알고 있었나?

의문이 끊이지 않았지만 나도 일단 여관으로 돌아갔다.

***

나는 확실하게 차림을 정돈하고서 웰시 씨와 함께 회담이 열리는 대도서관을 찾았다.

"곧 있으면 회담이 열리는 강당에 도착하니 마음의 준비를 해 주세요."

대도서관이라고 할 정도니 계단을 올라갈 줄 알았는데 아닌 듯했다.

조금 걸어가자 웰시 씨가 말한 대로 강당의 입구로 보이는 곳이 나타났다.

남녀 몇 명이 이쪽을 살피듯 서 있었고, 그 모습을 확인한 카즈키가 반갑게 웃으며 달려갔다.

"오랜만이에요! 전사장님!"

"음? 오오, 카즈키잖아! 잘 지냈나!"

카즈키의 목소리에 이쪽을 돌아본 남성의 얼굴을 보고 나는 말문이 막혔다.

"그런데 여전히 말랐군. 고기 좀 먹어, 고기 좀."

"하하하, 다른 사람보다 많이 먹고는 있는데 말이죠. 아, 그렇지. 예전에 이야기했던 제 친구를 소개할게요."

"그래, 나도 니르바르나의 대표로서 인사해야겠군."

그렇게 말하고 씩 웃은 그는 마치 친구에게 인사하듯 나를 향해 한 손을 들었다.

"아침에 훈련장에서 보고 또 보는구나, 우사토. 정식으로 인사하마. 니르바르나 왕국 전사단의 전사장인 하이드다. 오늘은 잘 부탁한다."

""예?!""

우리 일행뿐만 아니라 옆에 있던 하이드 씨의 부하로 보이는 사람들도 얼빠진 목소리를 냈다.

"깜짝 놀랐나?"

"어어, 그게……."

어안이 벙벙해져서 내가 아무 말도 못 하자 하이드 씨는 장난이 성공한 어린아이처럼 시원스레 웃었다.

그런 그에게 부하로 보이는 여성이 말했다.

"전사장님, 그를 아십니까?"

"그래. 아침에 몸을 움직이면서 만났어. 동틀 무렵부터 상당한 페이스로 내내 달리는 소년이 있길래 말을 걸어 봤지. 이야~ 처음에는 소문으로 들은 그 치유마법사일 줄은 몰랐어."

저도 설마 니르바르나 왕국의 대표이실 줄은 몰랐습니다.

하이드 씨의 말에 여성이 경악하여 외쳤다.

"뭐라고요?! 회담이 있는데도 평소처럼 훈련하셨습니까?!"

"아하하!"

"웃음으로 얼버무리지 마십시오! 오늘 회담은 정말로 중요하다고 말씀드리지 않았습니까!"

"더 말하지 않아도 돼, 헬레나. 나도 오늘 열리는 회담이 대륙에 사는 사람들의 미래를 좌우할 중대한 일이라는 건 알아. 너도 그렇게 말하고 싶은 거겠지."

"그, 그걸 아시면서⋯⋯."

하이드 씨가 냉정하게 대답하자 헬레나라고 불린 여성의 기세가 꺾였다.

그런 그녀를 보고 하이드 씨는 고개를 끄덕거렸다.

"회담을 하려면 다소의 각오도 필요해. 그래서 아침에 몸을 덥힌 거야."

"지금 명백하게 이야기 흐름이 이상했죠? 왜 느닷없이 몸을 덥히는 이야기가 된 겁니까? 전사장님께 회담은 싸우러 가는 겁니까?"

"하하하!"

호쾌하게 웃는 하이드 씨를 보고 헬레나 씨는 머리를 싸맸다.

고생이 많구나, 하고 남의 일처럼 바라보고 있으니 하이드 씨의 시선이 이쪽으로 향했다.

"카즈키, 네가 말한 대로야. 우사토와 또 다른 용사는 너와 마찬가지로 확고한 강함을 가지고 있어."

"그렇다고 하네요, 선배, 우사토."

"으, 응."

"왠지 쑥스럽다, 우사토 군."

카즈키의 말에 나는 애매하게 고개를 끄덕였지만 선배는 솔직하게 기뻐했다.

"두 용사는 말할 것도 없고, 우사토는 신체 능력만 따지자면 나보다 뛰어나겠지. 함께 싸울 아군으로서는 든든해."

"아뇨, 저는 아직 경험이 부족하니까……."

신체 능력이 더 뛰어나더라도 이 사람보다 강한 것은 아니다.

아침 훈련 풍경과 본인에게 들은 이야기를 통해 이 사람은 힘이 아니라 기량으로 싸우는 사람임을 알 수 있었다.

칭찬받았다고 들뜨지 않게 조심하고 있으니 헬레나 씨가 믿을 수 없다는 표정으로 나를 보았다.

"그렇게나 대단합니까? 겉모습은 평범해 보이는데……."

"겉모습도 평범하지 않아. 이 육체를 봐. 어때, 엄청나지? 특히 팔과 다리의 근육이 심상치 않아. 역시 구명단의 로즈가 고안한 치유마법을 이용한 훈련법은 대단해. 이쯤 되면 인간의 영역을 초월했다고 해도 과언이 아니야."

하이드 씨는 내 팔과 다리를 보며 그런 말을 했다.

옷을 입고 있는데도 알아보다니, 무슨 마안이라도 가지고 있는 걸까?

은근히 궁금해하는데 헬레나 씨가 고개를 갸웃하며 하이드 씨에게 질문했다.

"매번 생각합니다만, 마안을 가지고 계신 것도 아니면서 타인의 근육 구조를 어떻게 파악하시는 겁니까?"

"너도 내 부하라면 저절로 보이게 될 거다."

"아, 그건 싫은데……."

마안이 아니었어?!

전혀 예상치 못한 특기였다. 조금 부럽기도 했다.

"시작할 시간이 다가오고 있군. 우리는 먼저 가지. 그럼 링글 왕국의 대표 제군, 회담 자리에서 만나자고. 헬레나, 가자."

"알겠습니다……. 하아."

산뜻하게 웃으며 망토를 휘날리고 회담장으로 걸어가는 하이드 씨와 그런 그의 뒷모습을 보고 한숨을 쉬며 따라가는 헬레나 씨.

폭풍처럼 떠나간 니르바르나 왕국의 대표 때문에 우리는 한동안 멍하니 있었지만, 뭔가를 떠올린 듯한 선배가 손뼉을 짝 쳤다.

"근육을 보는 눈…… 즉, 머슬아이라는 거구나, 우사토 군!"

"웰시 씨, 카즈키, 저희도 가요."

"어라?"

의미 불명의 말을 중얼거리는 선배는 무시했다.

노도와 같은 전개에 조금 지쳤지만 우리는 회담이 열리는 회장에 발을 들였다.

제9화 파란의 개막! 4왕국 회담, 개시!!

회담이 열리는 실냉 내에는 원탁과 의자가 설치되어 있었고, 우리는 웰시 씨에게 안내받아 자리에 앉았다.

시구르스 씨가 마지막으로 도착하면서 우리 링글 왕국의 대표 멤버는 모두 모였다.

우리가 제일 늦게 왔는지 준비된 자리에는 각 왕국의 대표들이 이미 착석해 있었다.

사마리알 왕국의 루카스 국왕과 그의 뒤에 시립한 하늘색 호위 기사 두 명.

캄헤리오 왕국의 나이아 왕녀와 카일 왕자, 그리고 호위 기사 네 명.

니르바르나 왕국의 전사단 전사장인 하이드 씨와 부하 헬레나 씨를 포함한 전사 두 명.

네 왕국의 대표가 마침내 다 모였다.

"각 왕국의 대표자가 모두 모였으니 회담을 시작하겠습니다. 진행은 링글 왕국 전속 마법사인 저, 웰시가 맡게 되었습니다."

자료를 들고 일어난 웰시 씨가 시선을 모았다.

이런 일에 익숙한지 행동거지에서 긴장이 느껴지지 않았다.

"이번 회담은 서로 대면하는 목적도 겸하므로 우선 각 왕국의 대표분들께 자기소개를 부탁드립니다."

웰시 씨가 그렇게 말하자 제일 먼저 루카스 님이 손을 들었다.

"그럼 나부터 해도 될까? 다들 내 존재를 가장 의문스럽게 여기고 있을 테니까."

회담장에 있는 사람들의 시선이 일제히 루카스 님에게 모이자 그는 전원을 둘러보며 입을 열었다.

"사마리알 왕국을 다스리고 있는 루카스 우르드 사마리알이다. 여러 사정이 있어서 직접 회담에 참가하게 됐지. 입장은 다르지만 뜻은 모두와 같아. 잘 부탁한다."

그렇게 간결히 자기소개를 하고서 루카스 님은 자리에 앉았다.

잠시 침묵이 흐른 후, 이번에는 캄헤리오 왕국의 나이아 왕녀가 일어났다.

"캄헤리오 왕국 제1왕녀, 나이아 라크 캄헤리오라고 합니다. 부왕을 대신하여 대표로서 이 자리에 섰습니다. 지도자로서 아직 미숙함을 자각하고 있지만, 마왕군이라는 강대한 세력과 싸우기 위해 조금이라도 힘이 되고 싶어서 이 회담에 참가했습니다."

조금 긴장한 얼굴로 말을 마친 나이아 왕녀가 안도한 표정을 지으며 앉았지만, 옆에 있는 카일 왕자가 벌떡 일어나자 다시 표정이 딱딱하게 굳었다.

"캄헤리오 왕국 제1왕자, 카일 라크 캄헤리오다. 대표 제군, 나는 쓸데없는 일을 싫어해. 그러니 단순하면서 명확하고 알기 쉽겍?!"

돌연 카일 왕자가 이상한 소리를 내며 펄쩍 뛰었다.

무슨 일인가 싶어서 지켜보고 있으니, 옆구리를 부여잡고 끙끙거리는 카일 왕자의 멱살을 잡아 억지로 자리에 앉힌 나이아 왕녀가 황급히 머리를 숙였다.

"동생이 무례를 저질러 죄송합니다! 입장상 출석시켰지만 장식품이라고 인식하셔도 됩니다!"

"누, 누니임……!"

"입 다물어요. 얼마나 나한테 창피를 주려는 건가요?"

카일 왕자는 왜 여기 있는 걸까……. 가장 지위가 낮을 터인 나도 그렇긴 하지만.

"하하하!"

약간 분위기가 느슨해진 가운데, 쾌활한 웃음소리가 들렸다.

그쪽을 보니 하이드 씨가 팔짱을 끼고서 웃고 있었다.

"캄헤리오 왕국의 왕자님은 배짱이 있으시군. 그래그래, 역시 젊은이는 그 정도로 무모해야지!"

그렇게 말하며 일어난 하이드 씨는 원탁에 앉은 면면을 둘러보며 명료한 목소리로 자기소개를 시작했다.

"니르바르나 왕국 전사단의 전사장인 하이드다. 국왕, 왕녀, 왕자에 이어 자기소개를 하려니 좀 멋쩍지만, 일국의 대표로서 모두와 이야기를 나누고 싶군."

밝은 음색으로 그렇게 선언한 하이드 씨가 자리에 앉으면서 마지막으로 우리 링글 왕국의 차례가 되었다.

긴장하지 않도록 작게 심호흡하고 있자 시구르스 씨가 일어나 소개를 시작했다.

"링글 왕국 군단장 시구르스. 갑작스러운 회담에 이렇게 응해 주어 링글 왕국을 대표해 감사의 마음을 전하오. 함께 싸울 동지로서 깊이 연대할 수 있기를 간절히 바라오."

……어쩌지, 코가와 싸운 이야기를 줄줄 읊어야 한다는 사실이 새삼 긴장히 불안해졌다.

그리고 아까부터 뭔가 깜빡한 기분이 들었다.

단복도 제대로 입고 있고, 건틀릿도 빼고 왔고, 로즈 흉내도 내고 있는데 묘하게 초조했다.

뭐지? 이제 와서 나는 뭘 신경 쓰고 있는 거야?

"—우사토 군?"

"네?"

"나랑 카즈키 군은 끝났으니까 마지막으로 우사토 군 차례야."

"예?!"

정신 차리고 보니 어느새 선배와 카즈키의 자기소개가 끝나고 내게 시선이 집중되어 있었다.

루카스 님은 「어이어이, 무슨 일이야? 우사토」라고 말하듯 쓴웃음을 지었고, 나이아 왕녀와 하이드 씨는 흥미진진한 시선을 보냈으며, 카일 왕자는 어제처럼 나를 노려보고 있었다.

혼란에 빠진 채로 허둥지둥 일어난 나는 등을 곧게 펴고서 미리 생각해 뒀던 말을 되도록 큰 목소리로 꺼냈다.

"링글 왕국 구명단 부단장, 우사토 켄입니다. 얼마 전에 부단장으로 인정받은 풋내기지만 잘 부탁드립니다."

내가 생각하기에도 무난하고 평범한 인사였으나 실패하는 것보다는 단연코 나았다.

무사히 자기소개를 끝내 한시름 놓자 옆에 있는 선배가 작은 목소리로 말을 걸어왔다.

"우사토 군, 긴장했어?"

"네, 몇 번을 경험해도 익숙해지지 않아요……."

"하지만 우사토 군은 이다음이 큰일이지."

"그렇죠……."

내가 코가와 전투했을 때의 상황을 이 사람들 앞에서 설명해야 하니 말이지. 딱히 못 이야기할 내용은 아니지만 큰일이다.

"응? 잠깐만. 코가와 전투했을 때의 상황을 설명한다고……?"

그렇다면 코가를 기절시킨 기술인 『치유 연격권』을 이렇게 많은 사람 앞에서 설명해야 한다는 거잖아……?

"이런……."

너무 긴장해서 눈치채는 것이 늦어지고 말았다.

내가 고안한 기술이 얼마나 비정상적인지는 나도 이해하고 있다.

이해하기에 이 기술을 사람들이 믿어 줄지 알 수 없었다.

더 빨리 눈치챘다면 웰시 씨에게 상담할 수 있었겠지만…… 이제 와서 아쉬워해도 늦었다.

"마왕군과 싸울 때 사마리알에서 보낼 수 있는 전력은—."

"그렇다면 전력을 갖추기 위해 필요한 물자의 양은—."

"마족들의 장비는 어떤지, 어느 정도 신체 능력을 가지고 있는지 자세한 정보를—."

회담은 시시각각 진행되었다.

대략적으로는 이해가 가지만, 역시 마왕군을 상대하는 것이라서 집결하는 전력도 상당했다.

각국에서 보낼 수 있는 전력.

그것을 유지하기 위한 물자.

그리고 마왕군의 전력.

"전사장 하이드 씨, 우선은 마왕군의 주력에 관해 의논해야 한다고 생각합니다."

"나이아 왕녀, 그것도 중요하지만 먼저 아군의 저력을 확실하게 굳혀야 해. 이쪽의 주력과 마왕군 측의 주력이 맞부딪칠 때, 아군이 우위를 점할 수 있도록 전황을 조정해야 해."

"—그렇기에."

하이드 씨와 나이아 왕녀 사이에서 논쟁으로 발전할 듯한 분위기를 감지했는지 루카스 님이 흐름을 끊으며 끼어들었다.

"싸울 상대인 마왕군의 정보를 공유하는 것도 중요하지. 그걸 포함해서, 두 번에 걸친 마왕군의 침략을 극복한 링글 왕국의 군단장 시구르스에게 이야기를 들을 수 있을까?"

"물론입니다."

이 중에서 이런 자리에 가장 익숙할 루카스 님이 어제 내게 설명한 대로 회담이 원활하게 진행되도록 보조해 주고 있었다.

루카스 님 덕분에 웰시 씨도 어깨에서 힘을 빼고 진행할 수 있었다. 그가 와 줘서 정말로 다행이었다.

"······우사토 군, 괜찮아?"

"네?"

"뭔가 고민 중인 것 같아서······."

선배에게 걱정을 끼쳤구나.

문제는 해결되지 않았지만 어쨌든 선배를 안심시키자.

"그게, 긴장했다기보다—."

"우사토 님."

말하기 전에 웰시 씨가 내 이름을 불렀다.

중요한 회담 중에 쓸데없는 이야기를 해서 나무라려는 것인 줄 알았는데, 미안해하는 웰시 씨의 얼굴을 보니 아무래도 그게 아닌 듯했다.

"우사토 님, 수인의 나라에서 마왕군 제2군단장과 싸웠던 일을 설명해 주시겠습니까."

"······네."

시간은 참 빨리 지나가는구나.

달관의 경지에 이르며 선배와 카즈키에게만 들리도록 목소리를 낮춰 말했다.

"선배, 카즈키."

"응?"

"무슨 일이야? 우사토."

나를 보는 두 사람에게 조금 주저하며 입을 열었다.

"저는 지금부터 터무니없는 사실을 폭로할 거니까 그때 부디 상냥하게 웃어 주세요."

"넌 대체 뭘 하려는 거야?!"

"정말로 무슨 일이야?!"

솜씨 좋게도 작은 목소리로 태클을 거는 두 사람에게 체념의 미소를 지어 주고서 나는 회담장에 있는 사람들을 둘러보았다.

히죽히죽 웃고 있는 루카스 님.

흥미롭게 이쪽을 살피는 나이아 왕녀와 퉁명스럽게 쳐다보는 카일 왕자.

어딘가 들떠 보이는 하이드 씨.

어떻게 생각해도 적당히 둘러댈 수 없을 듯한 멤버라 좌절할 것 같았지만 그래도 나는 이야기할 내용을 머릿속으로 정리하고서 입 밖에 냈다.

"수인의 나라에서 제가 싸웠던 마왕군 제2군단장, 코가 딩갈에 관해 지금부터 설명하겠습니다."

이렇게 됐으니 각오할 수밖에 없겠어…….

그렇게 결심하고 있으니 맞은편 자리에서 카일 왕자가 오른손을 들고 발언했다.

"잠깐 기다려. 저 치유마법사가 정말로 수인의 나라에 가긴 했나?"

그 순간, 카일 왕자의 머리에 나이아 왕녀의 주먹이 떨어졌다.

"거듭 무례를 저질러서 죄송합니다!"

"누, 누님! 내 말이 틀린 건 아니잖아?! 저 녀석이 마왕군의 군단장과 싸운 것은 고사하고 수인의 나라에 갔다는 증거조차 없다고!"

"우사토 님이 수인의 나라에 갔었다는 사실은 수상도시 미아라크의 여왕, 노른 엘라도 미아라크 님께서 증명하셨어요. 당신조차 느낀 의문을 이 자리에 있는 루카스 님과 하이드 씨가 지적하지 않는 이유를 왜 깨닫지 못하는 거죠?"

끄으응, 하고 카일 왕자가 분한 표정을 지으며 입을 다물었다.

실제로 증거를 보이라고 한다면 히노모토에서 계약을 맺은 후버드로 하야테 씨에게 글을 써 달라고 해야겠지만⋯⋯

마음을 다잡고 설명을 재개할까.

"으음, 제가 수인의 나라에 갔을 때, 이미 수인족에게 협력을 제안한 제2군단장 코가와 조우했습니다."

여기서 나이아 왕녀가 내게 질문을 던졌다.

"군단장은 어떤 마법을 가지고 있었죠?"

"어둠 계통 마법입니다."

역시 어둠 계통은 보기 드문 마법인지 대표뿐만 아니라 호위 기사들도 동요했다.

"그 능력은 마력으로 구성된 검은색 띠를 몸에 두르는 것입니다. 제2군단장 코가는 그 띠를 두르고서 무시무시한 신체 능력으로 제게 승부를 걸었습니다."

"흠, 그래서 자네는 어떻게 했지?"

"물론 저도 응전했습니다. 신체 능력으로는 지지 않았기에 싸움

191

은 막상막하였다고 생각합니다."

"아니, 잠깐만. 이상하잖아!"

루카스 님에게 그렇게 대답하자 또 카일 왕자가 끼어들었다.

"이번만큼은 내 의문도 당연해! 왜 군단장에게 치유마법사가 신체 능력으로 대항하는 거야?!"

"하아, 카일."

어이없어하는 나이아 왕녀를 보고 루카스 님은 쾌활하게 웃었다.

"하하하! 넌 여전하군. 네가 우리 기사단장을 주먹 하나로 쓰러뜨린 게 생생히 기억나."

"들었죠? 루카스 님도 저렇게 말씀하시잖아요."

"아니, 더 이상하잖아?!"

……루카스 님, 재밌어하고 계신 거 아니죠?

"이야기를 되돌리겠습니다. 싸워 본 감상을 말하자면 코가의 실력은 상상을 뛰어넘었습니다. 모든 거리에 대응하며 무기도 되고 방패도 되는 마법이 강력해서, 녀석과 제대로 싸우려면 접근전 말고는 길이 없었습니다."

"그럼 접근전으로 끌고 가면 되는 건가?"

하이드 씨의 말에 고개를 끄덕였다.

"네. 하지만 코가가 제일 잘 싸우는 전투 방식이 접근전이라는 게 가장 큰 문제였습니다. 게다가 그의 마법에 의한 방어는 제가 전력으로 가한 공격조차 간단히 막아 버릴 만큼 견고했습니다."

"결국 자네는 제2군단장을 쓰러뜨렸는가?"

"저도 상당한 중상을 입었지만 격퇴할 수 있었습니다."

그때는 정말로 고생했다. 몸이 관통된 적은 처음이었고.

아무튼 코가의 전투법과 마법에 관해 설명했는데 이 정도면 되려나?

그렇게 생각하고 이야기를 끝내려 하자 하이드 씨가 턱을 짚고서 입을 열었다.

"어떻게 제2군단장을 쓰러뜨렸지? 네 이야기를 듣자 하니 상당한 상대였던 것 같은데."

……그렇겠지, 그야 궁금하겠지.

일단 이야기를 멈추고 웰시 씨에게 상담하는 편이 좋을까? 하지만 의심스럽게 여길지도 모르고…….

"사실은 격퇴하지 못한 거 아니야?"

내 반응이 미심쩍었는지 옆에 있는 나이아 왕녀를 신경 쓰면서도 카일 왕자가 의기양양하게 입을 열었다.

"카일."

"아니, 말해야겠어. 솔직히 네 얘기는 믿을 수 없어. 군단장에게 신체 능력만으로 대항하고 심지어 쓰러뜨렸다고? 사실은 다른 거 아니야?"

험악한 표정으로 카일 왕자가 그렇게 지적했다.

그의 의문은 당연했으며 그 지적도 잘못된 것은 아니었다.

잘못한 사람은 나다.

"제2군단장이라는 녀석과 맞닥뜨리고 도망친 거 아—"

"거기까지."

나이아 왕녀가 무표정으로 주먹을 쥠과 동시에 루카스 님의 목소리가 카일 왕자의 말을 막았다.

루카스 님은 나를 흘낏 본 뒤, 회담장에 있는 사람들을 둘러보았다.

"상식적으로 생각하면 카일 왕자가 말한 대로 평범한 인간…… 그것도 치유마법사가 마족과 호각 이상으로 싸웠다는 이야기는 황당무계하게 여겨지겠지."

"그, 그렇죠."

"하지만 나는 우사토가 싸우는 모습을 가까이서 본 적이 있어. 그렇기에 그가 자신이 싸우는 모습을 말하지 못하는 이유도 알아. 그의 싸움은, 말하자면…… 그래, 우리의 상식 범주를 초월했으니까."

신묘하게 이야기한 루카스 님은 처음 만났을 때와 다름없는 강한 의지가 담긴 시선을 내게 보냈다.

"그가 사마리알을 떠난 후 어떤 여행을 했는지 전부 파악하고 있지는 않아. 하지만 딱 하나 확실한 것이 있으니— 우사토 켄이라는 남자는 싸워야 할 상대를 두고 도망치지 않는다는 거야. 그렇지? 우사토."

"……네."

……난 뭐 하고 있는 거야.

내가 한심하게 군 탓에 루카스 님께 괜한 수고를 끼치고 말았다.

나는 이 자리에서 성실해져야만 한다.

구명단의 부단장으로서, 무엇보다 로즈의 제자로서 그에 걸맞게 행동해야 했다.

자신의 미숙함과 얕은 생각을 부끄러워하며 모든 것을 이야기하기로 했다.

"저는…… 제2군단장 코가를 격퇴하기 위해 치유 연격권이라는 기술을 썼습니다."

"치유, 연격권……?"

「치유」라는 이름이 붙은 기술을 듣고 나이아 왕녀가 고개를 갸웃했다.

처음 듣는 선배도 살짝 들뜬 모습으로 나를 올려다보았다.

"이 기술을 설명하기에 앞서 드릴 말씀이 있습니다. 저는 치유마법을 「다른 사람을 고치는 기술」로 쓸 뿐만 아니라 「상처 없이 상대를 진압하는 기술」로도 쓰고 있습니다."

"호오, 그건 어떻게 쓰는 거지?"

하이드 씨의 질문에 나는 동요하지 않고 솔직하게 이야기했다.

"치유마법을 두르고서 때리고, 내던지고, 마력탄을 날리거나 시야를 차단하기도 합니다. 마술을 쓸 수 있는 사역마와 연계하여 상대를 구속하기도 하죠."

"시야 차단? 마술? 구속?"

진지하게 고찰하려던 나이아 왕녀가 혼란스러워하며 중얼거렸지만 아직 본론에 들어가지도 않았기에 이야기를 속행했다.

"치유 연격권 이야기로 돌아가겠습니다. 이 기술은 제가 쓰는 기술 중에서도 가장 위험한 기술인데, 코가와 싸우면서 부득이하게 사용하게 되었습니다."

"치유마법인데 위험한가?"

"그렇, 죠."

어떤 반응이 돌아올까.

사용한 나조차 질겁한 기술이다. 웰시 씨가 그 원리를 듣는다면 졸도할지도 모른다.

작게 심호흡한 나는 나를 주목하는 사람들에게 치유 연격권에 관해 설명했다.

"치유 연격권은 계통 강화를 의도적으로 폭발시켜서, 지향성을 지니게 한 마력을 밀착한 상대에게 연속으로 때려 박는 기술입니다."

"계통 강화를 폭발시킨다고……?!"

의자에서 벌떡 일어난 하이드 씨가 경악하여 외쳤다.

다른 사람들도 내가 말한 일의 위험성을 이해했는지 놀람을 감추지 못했다. 특히 시야 끄트머리에 있는 웰시 씨의 표정이 엄청났다.

"그 나이에 계통 강화를 쓸 수 있는 건 매우 훌륭하지만, 의도적인 폭발이라니 평범한 사람의 발상은 아니야……."

하이드 씨가 말한 대로 평범한 발상은 아닐 것이다.

치유마법 파열장을 레오나 씨에게 처음 보였을 때 호되게 설교를 들었고.

이따가 웰시 씨에게도 한 소리 듣는 걸 각오해야겠지.

"……그 기술은 제2군단장에게 통했나요?"

가장 빨리 냉정함을 되찾은 나이아 왕녀가 물었다.

"네. 일곱 번쯤 때려 박고 겨우 방어를 돌파해서 그대로 맨몸에 주먹을 날려 기절시켰습니다."

"하하하!"

정적에 휩싸였던 회담장에 하이드 씨의 웃음소리가 울렸다.

깜짝 놀라 그에게 시선을 보내자 하이드 씨는 즐겁게 고개를 끄덕였다.

"루카스 님이 말씀하신 대로 정말 상식의 범주를 초월했군! 이렇게 예상을 아득히 뛰어넘는 일을 했을 줄은 몰랐어! 하여간 링글 왕국의 구명단은 터무니없는 곳이라니까!"

"네, 네에……."

하이드 씨의 기분을 따라가지 못하고 애매하게 대답하자 그는 씩 웃었다.

"체재 중에 그 치유 연격권이라는 것을 볼 수 있을까?"

"네?"

"말로만 들어서는 어떤 기술인지 잘 상상이 안 가서 말이야. 너만 괜찮다면 실제로 보여 줬으면 하는데."

그렇게 말한 하이드 씨는 신이 난 아이 같았다.

루크비스에서 열린 4왕국 회담.

그 첫날 일정이 끝을 맞이하려 하고 있었지만, 여행 때처럼 평범하게 끝나지는 않을 듯했다.

제10화 스즈네의 진심! 뇌수 모드 작렬!!

루크비스에서는 회담뿐만 아니라 교류전이라는 합동 연습도 이루어진다.

각 왕국의 대표를 따르는 병사들이 모의전 형식으로 싸우는 것인데, 향후 마왕군과의 싸움에 대비해 서로의 역량과 전투 방식, 지휘 계통 등을 깊이 이해하기 위한 것이었다.

그 연습 중에 용사인 이누카미 선배와 카즈키가 실력을 보이는 이벤트가 있었고, 그때 나도 같이 치유 연격권을 보여 주기로 오늘 열린 회담에서 정해지고 말았다.

"─우사토 님, 듣고 계세요?"

"네……."

회담 첫째 날 밤, 나는 여관에서 웰시 씨에게 혼나고 있었다.

"말하고 싶지 않았던 마음은 이해하지만, 사전에 가르쳐 주셨다면 좋았을 텐데요. 하아…… 우사토 님은 어떤 의미에서 카즈키 님이나 스즈네 님과는 다른 새로운 마법의 가능성을 개척하고 계세요."

"예? 아니, 그렇게 대단한 건……."

"칭찬하는 거 아닙니다."

"죄송합니다……."

사전에 말하지 못한 것을 반성하고 있으니 옆에서 설교를 듣고 있던 카즈키가 기쁜 목소리로 말했다.

"하하, 나랑 똑같구나, 우사토."

"어? 아, 그러네."

"나도, 나도~!"

"여러분은 정말로 너무 돌출됐다고요. 스즈네 님도…… 하아."

선배가 동의하듯 손을 들자 웰시 씨가 한숨을 쉬었다.

"카즈키 님의 마력 조작은 어디까지나 기본을 탐구한 기술이니 위험하지는 않아요. 하지만 스즈네 님은 어떤 의미에서 우사토 님과 똑같아요. 번개 계통의 특성 자체를 갑옷처럼 둘러 움직임을 보조하고 공격에도 쓸 수 있는 기술. 강력한 반면, 조금이라도 잘못 다루면 본인이 다치게 되는 위험한 기술이에요."

"그렇게 되지 않게 특훈하고 있잖아."

"그런 문제가 아니에요……. 스즈네 님은 좀 더 위기감을 가지셨으면 좋겠어요."

저번에 잠깐 본 적이 있지만, 그건 역시 위험한 기술이었구나.

히노모토에서 아르크 씨가 싸웠던 전 군단장도 비슷한 기술을 썼다는 모양이니까 상당한 기량과 경험이 필요하다는 건 알겠지만.

그때, 우리의 대화를 조용히 듣던 시구르스 씨가 입을 열었다.

"진정해, 웰시. 확실히 스즈네 님과 우사토 님의 기술에는 위험한 부분도 있어. 하지만 그것을 완전히 자기 것으로 삼는다면 두 분은 더욱 강해질 거야."

"확실히 그렇긴 하지만……."

"자네가 걱정하는 마음은 나도 이해해. 그러나 지금 우리가 해야 할 일은 제지가 아니라 앞으로 나아가라고 촉구하는 것 아닐까?"

"……그렇죠."

시구르스 씨의 말에 고개를 끄덕인 웰시 씨는 우리를 돌아보았다.

"제 개인적인 의견을 상요해서 죄송합니다. 하지만 제발 혼자서 위험한 기술을 쓰지 말아 주세요. 강한 힘에는 반드시 상응하는 대가가 있어요."

"네, 저희도 조심할게요."

웰시 씨가 우리의 안전을 걱정해서 말하고 있다는 것은 처음부터 알고 있었다.

미아라크의 크레하 샘이 그랬고 폭주했던 카론 씨가 그랬듯, 강력한 힘을 얻으려면 상당한 대가가 따른다. 나 자신의 힘도 그건 마찬가지다.

그렇기에 웰시 씨가 한 말은 절대로 무시해서는 안 된다.

"이건 다른 이야기지만 이 틈에 내일 예정을 알려드릴게요. 먼저 내일 열리는 회담에서는 오늘과 달리 면밀한 이야기를 주고받을 테 니 카즈키 님, 스즈네 님, 우사토 님은 출석하지 않으셔도 돼요."

오늘 회담에서 나온 의제에 관해 더 깊이 이야기를 나누려는 거 겠지.

우리가 그 자리에 있어도 명확한 의견은 내지 못할 테니 웰시 씨 와 시구르스 씨가 배려해 준 것이리라.

"다음으로 내일 오후에 거행될 교류전에 관해 말씀드릴게요."

"각 왕국의 실력자들이 벌이는 전투 훈련……이라고 했나? 너무 여유 부리는 거 아니야? 마왕군과의 싸움이 다가오고 있는데……."

불안해하며 그렇게 말하는 카즈키에게 웰시 씨는 고개를 가로저었다.

"지금이기에 필요한 거예요. 함께 싸운다고 해도 저희는 아직 타국이 어떤 전투를 하는지 몰라요. 실전에서 연계가 되지 않으면 이 회담의 의미가 없어요."

"하긴, 니르바르나 왕국의 전사가 싸우는 방식은 링글 왕국의 기사와는 전혀 다르니까……."

카즈키가 탄복했다.

그러자 웰시 씨의 시선이 이쪽으로 향했다.

"그때 스즈네 님과 카즈키 님이 용사의 실력을 선보일 건데, 우사토 님도 치유…… 연격권이라는 기술을 보여 주셔야 해요."

"알겠습니다. 근데 기술을 쓴다고 해도 어떤 형식으로 하는 거죠? 아무것도 없는 공간에 날리면 되나요?"

"아뇨, 우사토 님께도 용사님들과 마찬가지로 전용 과녁이 준비될 거예요. 그러니 마음껏 공격하셔도 돼요."

안심시키듯 그렇게 말한 웰시 씨에게 애매하게 고개를 끄덕였다.

뭐랄까, 이미 터무니없는 짓을 하리라고 여기고 있는 것 같다…….

"우사토 군! 이로써 우사토 군도 우리랑 똑같네!"

"선배는 왜 기뻐하는 건가요……."

딱히 과녁을 부술 작정은 아니지만, 현재 치유 연격권이 어느 정도 위력인지는 나도 흥미가 있었다.

"아, 그럼 우사토 군, 카즈키 군."

"네?"

"왜 부르세요?"

문득 무슨 생각을 떠올렸는지 선배가 들뜬 모습으로 말했다.

"회담에 안 나가도 된다면 오전 중에는 우리끼리 살짝 훈련하지 않을래? 오후에 있을 교류전의 예행연습으로 말이야."

"셋이서 훈련인가. 저번에는 마법만 훈련했지만, 이번에는 다른 것도 하고 싶다."

그렇게 중얼거린 카즈키는 선배의 제안을 받아들일 생각인 것 같았다.

나도 훈련은 싫어하지 않기에 전혀 상관없지만, 나를 보는 선배의 시선이 조금 불길하게 느껴졌다.

"우사토 군, 너의 반사 신경을 믿고 부탁이 있어."

"뭐, 뭐죠?"

"내일 나랑 살짝 모의전을 하지 않을래?"

***

이튿날.

대도서관 내에서 회담이 열리고 있을 때, 나와 카즈키와 이누카미 선배는 여관 근처에 있는 훈련장에서 준비 운동을 하고 있었다.

"모의전이라는 건 어떤 형식으로 할 건가요?"

"음~ 오후에도 힘을 써야 하니까 너무 과격한 일은 할 수 없고……
어쩔까."

"……카즈키, 뭔가 좋은 생각 없어?"

나와 선배의 모습을 번갈아 본 카즈키는 잠시 생각한 후, 뭔가
떠올랐는지 웃었다.

"술래잡기처럼 상대를 터치하면 이기는 방식은 어때?"

"선배와 술래잡기? 이길 자신이 없는데."

"신체 능력에 몰빵한 우사토 군한테 듣고 싶은 말은 아니야."

뇌수 모드를 발동하고 전속력으로 쫓아오면 저도 도망 못 쳐요…….

나와 선배의 반응에 카즈키는 둘 다 똑같다며 고개를 끄덕였다.

"애초에 선배는 저랑 무슨 모의전을 하려고 했는데요? 육탄전이
아니라 뇌수 모드 연습인가요?"

"맞아. 솔직히 링글 성에는 내 속도에 대응할 수 있는 사람이 거
의 없어. 카즈키 군이랑은 마법을 쓰면 호각으로 싸울 수 있지만
주변 피해가 너무 커서……."

"그래서 저인가요……."

뭐, 반사 신경은 남들보다 뛰어나다고 자부하므로 딱히 상관없지
만, 선배의 속도에 대응할 수 있을지는…… 제대로 한번 봐야 알
수 있다.

"알겠어요. 그럼 카즈키가 제안한 술래잡기 형식으로 해 볼까요."

"내가 네 오른쪽 어깨를 세 번 터치하면 나의 승리, 3분간 피하

면 네가 이기는 거야. 어때?"

"좋아요. 그렇게 해요."

3분간 선배의 손을 막으면 나의 승리인가.

조금 힘들지도 모르지만 두근거리기도 했다.

"아, 혹시 내 손이 미끄러져서 엉뚱한 곳에 가 버렸을 때는……
웃으며 용서해 줘."

"……"

"노, 농담이야! 그러니까 그렇게 실망했다는 눈으로 보지 마!"

"실망한 건 아니에요. 눈앞에 있는 변태를 욕하고 싶다는 기분을
느끼고 있을 뿐이죠."

"이미 욕하고 있어!"

내 눈이 비교적 진심으로 싸늘해지자 선배가 매우 당황했다.

그런 대화를 나눈 뒤, 나와 선배는 다시금 마주 보았다.

"제한 시간은 3분. 둘 중 누군가가 움직이면 세기 시작할게요."

카즈키의 말에 고개를 끄덕이고 선배에게 시선을 옮겼다.

내 오른쪽 어깨를 세 번 터치하면 그만이기에 선배는 빈손이었다.

"사양 말고 오세요."

"응, 그렇게. 너랑 이렇게 대치하는 건 처음이니까 이 기회를 헛
되이 날리지 않도록 나도— 진심으로 가겠어!"

"웃?!"

선배의 온몸이 번쩍였다고 인식한 순간, 내 오른쪽 어깨에 선배
의 손이 놓여 있었다.

눈앞에 있는 선배를 아연히 바라보자 더할 나위 없이 의기양양한 표정을 짓고 있었다.

"첫 번째 터치. 방심하면 안 되지, 우사토 군."

"……역시 대단하시네요."

선배는 한순간 번개를 휘감아 내게서 거리를 벌렸다.

터무니없는 속도였지만 눈으로 전혀 좇지 못할 정도는 아니었다.

뺨을 때려 정신을 번쩍 깨운 나는 오른팔에 건틀릿을 전개했다.

"건틀릿을 써도 될까요?"

"내 손에서 도망칠 수 있다면 어디 해 봐!"

"좋습니다……!"

선배가 재차 번개를 휘감아 순식간에 고속 이동해서 나도 대비했다.

어깨를 노린다는 것은 알고 있다!

시야에 희미하게 잡힌 그림자를 인식하고 오른쪽으로 치유 가속권을 날려 왼쪽으로 가속했다.

"웃, 빗나갔어?! 다시!"

나를 좇아오는 선배를 확인하고 더욱 후방으로 도약했다.

좇아온 선배의 손이 다가온 순간, 옆으로 치유 가속권을 날려 방향을 전환해서 피하려고 했지만— 어깨에 손끝이 살짝 닿아 버렸다.

"큭, 실패인가……! 역시 너무 빨라요, 선배……."

"잠깐만, 명백하게 네 움직임이 더 이상했어! 공중에서 아무 전

조도 없이 옆으로 미끄러졌다고!"

내게 닿은 손끝을 복잡하게 바라보며 선배가 그런 말을 했다.

"아~ 이건 계통 강화의 폭발을 이용한 이동법이에요."

"그건 이미 계통 강화가 아닌 별개의 기술 같은데. 굳이 이름을 붙이자면…… 계통 발파?"

발파라니 뒤숭숭한 이름이네…….

발동되는 공정을 생각하면 발파도 틀린 말은 아니지만…… 뭐, 지금 그건 상관없겠지.

"자, 이렇게 얘기하는 동안에도 시간은 흐르고 있어요. 앞으로 한 번만 더 터치하면 선배의 승리예요. 제가 선배의 속도에 먼저 익숙해질지, 선배가 저를 먼저 터치할지…… 승부입니다!"

"후후, 재밌네. 그럼 더 밀어붙이겠어!"

시야 가득 전격이 용솟음쳤다.

그 순간, 선배가 날린 전격 세 개가 이쪽으로 다가왔다.

"이 정도쯤!"

즉각 반응한 나는 그 자리에서 움직이지 않고 건틀릿으로 전부 쳐 냈다.

그와 동시에 측면에서 불쑥 튀어나온 손을 몸을 숙여 피하자 선배가 경악했다.

"아니?!"

"좋았어!"

어림짐작 회피 성공!

노리는 장소와 희미한 움직임만 보인다면 못 피할 것도 없지!

안도한 것도 잠깐, 곧장 정신을 차린 선배는 나와 거리를 두지 않고 번개를 휘감은 채 손을 뻗었다.

하지만! 그것도 다 예상했다, 이겁니다!

몸을 숙이며 그대로 지면에 주먹을 꽂아 마력을 폭발시켰다.

"흠!"

"꺄악?!"

그러면서 발생한 마력 충격파가 선배의 발을 직격하면서 균형을 크게 무너뜨렸다.

이게 바로 방금 생각해 낸 즉흥 기술, 치유 넘어뜨리기!

지면에 때린 주먹을 기점으로 계통 강화 폭발을 일으켜서 마력 충격파를 만들어 상대를 넘어뜨리는 즉석 기술이다!

"으하하하! 이 승부는 제가 이겼습니다!"

자세가 무너진 선배를 시야에 담으며 힘껏 백 스텝하여 거리를 벌렸다.

나도 모르게 악역처럼 웃어 버렸는데 선배는 오히려 기뻐하며 활짝 웃었다.

"역시 내가 눈여겨본 남자야!"

"음?!"

"널 상대로 3분을 다 쓰려고 한 게 잘못이었어! 널 이기려면—."

그렇게 말하자마자 선배는 전보다도 확연하게 많은 전격을 휘감았다.

눈부시게 용솟음친 전격은 지면을 치고 찌릿찌릿 튀기며 대낮이라 밝은 훈련장을 더 밝게 비추었다.

어떻게 봐도 전력 모드인 선배는 뺨을 실룩거리는 내게 의기양양하게 외쳤다.

"처음부터 최고 출력으로 임해야 했어!"

"……자, 잠깐 기달—."

"간다, 우사토 군!"

그대로 선배가 시야에서 사라지더니 엄청난 압박감이 전방위에서 다가왔다.

도망칠 엄두가 안 나지만…… 이대로 포기한다는 선택지는 없다!

"에잇, 이렇게 된 이상 전력으로 달아나 주겠어!"

나는 선배의 맹공을 피하기 위해 건틀릿을 들었다.

근데 선배, 완전 신나게 즐기고 계시네요…….

"아~ 못 도망쳤어~!"

훈련장 옆 들판에 드러누우며 어깨에서 힘을 뺐다.

술래잡기의 결과는 선배의 승리였다.

역시 최고 출력 상태인 선배에게서 달아나는 것은 무리였다.

"5초 정도밖에 못 버티다니, 반칙적인 속도예요……."

"그렇지만 나도 꽤 아슬아슬했어. 전격을 두를 수 있는 시간도 앞으로 몇 초밖에 안 남았었고."

그 몇 초를 버티지 못했기에 나는 졌다.

마력도 체력도 아직 여유는 있지만 온 신경을 집중해야 하는 승부였다.

피할 수 없는 공격을 가하는 로즈의 훈련과는 또 다른 경험을 할 수 있었다.

"이야~ 두 사람 다 굉장했어요. 선배는 전격을 두를 수 있는 시간이 현격히 늘어난 것 같은데요?"

다소 흥분한 듯한 카즈키의 말에 선배는 쑥스러워하며 웃었다.

"내 나름대로 이것저것 궁리해 봤어. 뇌수 모드로 있을 수 있는 시간은 조금씩 늘고 있지만, 그래도 아직 실전에서 쓰기에는 불안하니까 한순간만 발동하거나 출력을 제어하는 식으로."

출력을 제어한다라.

"한순간만 번개를 휘감아 마력을 절약하기에 몇 번씩 연속해서 고속 이동이 가능했던 거군요."

"맞아. 지금은 껐다 켰다 하면서 변통하고 있어."

내 치유 가속권도 결코 적지 않은 마력을 쓰는 기술이다.

선배에게 마력을 아끼는 요령을 물어보면 좀 더 잘 다룰 수 있게 될지도 모른다.

"우사토. 아까 그건 뭘 한 거야?"

"아까 그거?"

"선배의 자세를 무너뜨린 기술 말이야. 혹시 평범하게 땅을 쳐서 흔든 거야?"

아무리 내가 단련했다지만 땅을 쳐서 사람이 넘어질 정도의 진동을 일으키지는 못하는데요…….

"아, 그거 나도 궁금해. 난데없이 몸이 휘청거려서 깜짝 놀랐어……."

특별히 숨길 일도 아니기에 두 사람에게 치유 넘어뜨리기를 설명했다.

"즉흥적으로 그런 기술을 잘도 생각했네. 실제로 당해 봐서 아는데, 상대가 무방비하다면 확실하게 동요를 유발할 수 있는 기술이야."

"한창 싸우는 중에 발밑을 신경 써야 하는 건 은근히 힘든 일이니까."

뭔가 내가 생각했던 것 이상으로 치유 넘어뜨리기는 성가신 기술인 듯했다. 다음에 제대로 사용법을 생각해 보기로 할까.

"음~ 치유 넘어뜨리기라. ……치유 전도권이라는 이름도 괜찮지 않아?"

"……! 전부터 생각했는데 선배의 작명 센스는 진짜 대단해요. 존경해요."

"에, 에헤헤, 그런가?"

실제로 「치유 넘어뜨리기」로는 네아에게 된통 욕먹을지도 모른다고 생각했었다.

내가 생각하기에는 치유 넘어뜨리기도 그렇게 나쁜 이름이 아니지만, 앞으로 이 기술은 『치유 전도권』이라고 부르기로 했다.

전도권이라는 직설적인 이름에서 은근히 변화구 같은 멋이 있었다.

"아, 우사토 군. 싸워 보고 뭔가 느낀 점 있어? 결점을 지적하거나 조언해 줬으면 좋겠는데. 아, 칭찬해 줘도 좋─."

"우사토 씨, 물 드시겠어요?"

"아아, 잘 마실게. 고마워."

물을 한 모금 마시고 기운을 차린 나는 다시 선배에게 시선을 옮겼다.

"어디까지나 제 의견이지만, 움직임이 좀 단조로워서 알기 쉬운 것 같아요."

"역시? 움직임이 너무 빨라지면 그렇게 돼 버린단 말이지…… 응? 어라?"

음? 갑자기 왜 그러지?

"왜 에바가 있어?!"

선배의 그 한마디에 마침내 나는 옆에 있는 에바를 알아차렸다.

당연하게 그곳에 있었기에 오히려 눈치채지 못했다.

"아, 그리고 보니 있네요. 에바, 언제부터 여기 있었어?"

"우사토 씨와 스즈네 씨가 승부를 벌이기 전부터요."

"눈치채지 못했는데 자연스럽게 대화했던 거야?! 심지어 꽤 오래 전부터 같이 있었어!"

저주에서 풀려나 육체와 영혼을 되찾았어도 어느새 옆에 있는 것은 변함없구나. 정말로 눈치채고 보니 그곳에 있는 느낌이었다.

"굉장하다. 나도 눈치 못 챘어. 으음, 우사토, 이 아이가 전에 말했던 사마리알의 왕녀님?"

"응. ……에바, 이쪽이 내 친구 카즈키야."

"아, 처음 뵙겠습니다! 에바 우르드 사마리알이라고 해요! 용사 카즈키 씨죠? 우사토 씨의 제일가는 친구라고 들었어요!"

"제일가는 친구라니…… 뭔가 쑥스럽네."

"이, 이번에는 제대로 말할 수 있었어요……."

에바의 말에 카즈키가 기쁘게 고개를 끄덕였다.

사마리알에서 카즈키에 관해 이야기했던 내용을 기억하고 있는 것에 약간 부끄러운 기분을 느끼며, 자기소개를 무사히 마친 에바를 돌아보았다.

"아, 조금 전 두 분의 싸움은 정말 굉장했어요! 빨라서 전혀 보이지 않았지만, 뭐랄까, 굉장하다는 건 알 수 있었어요!"

"으, 응, 고마워."

뭐지. 이 아이의 올곧은 말에 쩔쩔매게 된다.

애매한 표정으로 감사 인사를 하자 선배가 에바에게 말했다.

"너 혼자 왔어?"

"아뇨, 근처에 기사분들이 계세요."

에바가 혼자 빠져나온 게 아니라 다행이다.

그렇게 안도하다가 훈련장 입구 부근에서 이쪽을 보고 있는 하늘색 갑옷 차림의 수상한 인영을 발견했다.

『소용돌이 한복판으로 뛰어드는 공주님, 용맹하셔라……!』

『젊음은 강함이야…… 후후.』

『지친 신사분에게 자연스럽게 베푸는 상냥함. 공주님, 완벽합니다……!』

……나는 아무것도 못 봤다.

그렇게 자신을 타이르며 화제를 바꾸기 위해 카즈키를 돌아보았다.

"카즈키, 훈련을 재개하자. 에바는 여기서 보고 갈래?"

"폐가 되지 않는다면……."

"선배랑 카즈키도 상관없죠?"

"물론이지."

"나도 괜찮아."

"카즈키 씨, 스즈네 씨…… 감사합니다!"

새로이 에바도 더해져 떠들썩하게 훈련이 재개되었다.

처음에 선배와 모의전이라는 이름의 술래잡기를 했으니 다음은 조합을 바꿔 보는 것도 좋겠지.

"우사토, 검 연습에 어울려 주지 않을래? 아, 힘들다면 괜찮지만……."

"체력은 문제없어. 아~ 나 검은 못 쓰는데 그래도 괜찮겠어?"

"네 방식대로 싸워도 돼. 그 건틀릿을 써도 상관없어."

그렇다면 사양 말고 쓰기로 하자.

평범하게 쓴다면 이건 그저 단단할 뿐인 건틀릿이니 방패 같은 것이었다.

카즈키의 검 실력이 어느 정도인지 아직 모르지만, 이왕 하는 거 선배와 술래잡기할 때처럼 진지하게 임하자.

✿제11화 각각의 성장과 우사토의 오산!!

오전 훈련은 의외로 백열화되었다.

선배와 술래잡기를 하고 카즈키와 대련하는 등 자연스럽게 자신들이 키우고 싶은 부분을 단련할 수 있는 훈련을 번갈아 했다.

"이얍!"

"아직 멀었어!"

오늘만 몇 번째인지 모를 카즈키와의 모의전.

목검을 쳐올리는 공격을 백 스텝으로 피하고 바탕손를 날렸다.

그것을 최소한의 움직임으로 피한 카즈키는 목검의 손잡이 끝으로 내 명치를 치려고 했다.

즉각 건틀릿으로 잡아 반격에 나서려고 했지만 그러기 전에 카즈키가 몸통 박치기를 먹여서 후퇴하고 말았다.

"눈물겨운 몸통 박치기로 겨우 일격을 먹였나……. 역시 단순한 격투로는 우사토를 당해 낼 수 없구나."

"아까부터 나도 아슬아슬해."

실제로 그랬다.

카즈키의 움직임은 놀라우리만큼 착실했다.

시구르스 씨를 스승으로 두고 있어서 그런지 단순한 베기와 찌르기에도 힘이 있었고, 압박감도 어우러져서 독특하게 피하기 어려운

구석이 있었다.

로즈와의 싸움을 경험하지 않았다면 정통으로 공격에 당했을지도 모른다.

"카즈키. 슬슬 점심이니 오후에 대비해서 끝낼까?"

"벌써 시간이 그렇게 됐어? 겨우 우사토의 움직임에 익숙해졌는데."

"하하하, 다음 기회에 또 하자."

"그래!"

선배에게도 해당되는 사항인데, 카즈키는 이 짧은 시간에 내 움직임에 대응하게 되었다.

모의전을 통해 두 사람의 힘이 되어서 나도 기뻤고, 더 노력해야겠다는 기분이 들었다.

들판에서 견학 중인 선배와 에바 곁으로 카즈키와 함께 이동했다.

"수고했어, 우사토 군, 카즈키 군."

"수고하셨습니다!"

선배와 에바의 말에 고개를 끄덕이고서 나와 카즈키도 그녀들 옆에 앉았다.

오후 교류전까지 시간이 있으니 그 전에 점심을 먹고 옷도 갈아입어야겠다.

이후 예정을 생각하며 에바가 내민 물을 마시다가 훈련장에 사람이 모여 있음을 알아차렸다.

"어라? 이렇게 사람이 많았나?"

아직 오후 교류전까지 시간이 있을 텐데…… 아, 루크비스의 학생들이 많네.

"우사토 군, 이제야 알았어?"

"어? 선배는 알고 계셨어요?"

"나도 아까 알았지만. 우리가 여기서 훈련한다는 얘기를 듣고 학생들이 모인 것 같아."

"아~ 그랬군요."

자세히 보니 선배나 카즈키를 보고서 꺅꺅거리는 것 같기도 했다.

뭐, 에바는 말할 것도 없고 선배와 카즈키도 진짜배기 미남미녀니까. 화제가 되는 것도 이해가 간다.

나는 별 주목을 안 받…… 응? 저 두 사람, 왜 나를 보고 속닥거리는 거지?

『헉! 여기 봤어.』

『무, 무서워!』

내 시선을 알아차리고 파랗게 질린 얼굴로 무서워했다.

숲속에서 흉포한 마물과 맞닥뜨렸을 때 같은 그 반응은 뭐야.

"우사토 씨!"

"어? 아아, 왜? 에바."

석연치 않은 기분을 느끼며 에바를 돌아보자 그녀는 눈을 반짝이면서 기쁘게 말했다.

"줄곧 생각했는데요. 우사토 씨는 싸울 때 무척 용맹하세요! 요전번에 책으로 본 오거 같아요!"

"고, 고마워……."

뺨을 실룩이며 간신히 웃는 얼굴을 유지했다.

이 아이는 100퍼센트 선의로 그렇게 생각하는 거야……!

그 마음을 저버리는 것은 루카스 님은 물론이고 내가 용서 못해……!

속으로 피눈물을 흘리며 감사 인사를 하자 에바는 꽃처럼 눈부시게 웃었다.

그것을 본 선배도 고개를 한 번 끄덕이고 내게 얼굴을 돌렸다.

"나도 널 용맹하다고, 진짜 오거 같다고 생각해! 우사토 군!"

"선배, 저도 화낼 때가 있어요."

"어째서?!"

웃으며 내씹자 선배가 곤혹스러워하며 나를 붙들었다.

그런가, 나는 싸울 때 그렇게 무서운 얼굴을 하고 있나.

의기소침해진 나를 보다 못한 카즈키가 말을 걸어왔다.

"우사토는 상대의 움직임을 놓치지 않게 집중해서 쳐다보니까 무서운 표정으로 보이는 걸지도 몰라."

"뭐, 방어하든 피하든 상대의 움직임을 봐야 하니까……."

미간에 주름이 잡혀서 험악해 보이는 걸까.

아무튼 이곳 학생들에게 내 인상이 고정된 것은 확실했다.

애당초 전에 왔을 때부터 다들 날 피했으니 새삼스러운 일이지.

그런 생각에 이르러서 더욱 울적해지고 말았다.

＊＊＊

일단 여관으로 돌아간 우리는 점심을 먹은 후, 교류전이 거행될 훈련장으로 다시 향했다.

훈련장에는 이미 많은 사람이 모여 있었다.

"웰시 씨와 시구르스 씨는 먼저 와 있나요?"

"그럴 거야. 우리가 제일 먼저 기술을 보여 주는 모양인데 그때 부르러 오겠다고 했으니까……."

선배의 시선이 훈련장 쪽으로 향했다.

아까 선배와 카즈키랑 모의전을 벌였던 곳이지만, 잠시 떠난 사이에 아까는 없었던 검은색 과녁이 설치되어 있었다.

"저게 우리가 기술을 맞힐 과녁인가?"

"그런 것 같아요. 저희가 예전에 마법을 맞혔던 흰색 과녁과는 달라 보이고 말이죠."

겉보기에는 색깔만 달라진 것 같지만, 우리가 아는 과녁과는 강도고 뭐고 전혀 다를 것이다.

"후후후, 좀이 쑤시는걸."

"너무 과한 퍼포먼스는 피하는 편이 나아요."

"그렇지만 우사토 군. 타국 병사들의 신뢰를 얻으려면 어느 정도 우리의 실력을 보여야 하잖아. 퍼포먼스는 좀 과한 편이 좋을 수도 있어."

"그건 그럴지도 모르지만……."

선배, 굉장히 의욕적이네.

자신의 진짜 힘을 부딪칠 수 있어서 기분이 살짝 고양됐을지도 모른다. 그렇게 생각하는 마음이 내게도 있고.

아무튼 교류전이 시작될 때까지 모습을 살피려고 했는데 나이아 왕녀가 우리 곁으로 왔다.

"여러분도 오셨군요."

"네. ……카일 왕자는?"

선배가 조금 경계하며 묻자 나이아 왕녀는 뒤돌아보고 고개를 갸웃했다.

"못난 동생은 또 멋대로 어디론가 가 버렸나 봐요."

"고, 고생하시네요……."

카일 왕자, 자유롭구나.

어쩐지 나이아 왕녀가 지친 것처럼 보이기도 했다.

"오늘 있을 교류전이 기대되네요."

"어? 나이아 왕녀도 참가하시나요?"

"아뇨. 저도 싸우는 기술을 가지고 있기는 하지만, 여기서는 대표를 맡고 있기에 어디까지나 관전만 합니다."

바쁜 왕족이면서 문무를 겸비하다니 대단하다.

"우사토 님, 어제는 못난 동생이 무례한 발언을 했습니다. 죄송합니다."

"예? ……아, 아뇨! 그가 품은 의문은 당연했으니 신경 쓰지 않아요!"

갑자기 나이아 왕녀가 나를 향해 깊이 머리를 숙여서 몹시 당황했다.

어제 카일 왕자의 발언에는 가시가 돋쳐 있었지만 타당한 비판이었다. 그 비판이 있었기에 내가 얼마나 안일하게 인식하고 있었는지 깨달을 수 있었으니 오히려 고마울 정도였다.

그래도 마음이 편치 않은지 나이아 왕녀는 고개를 들지 않았다.

"그렇다고 해도 회담이라는 중대한 자리에서 사적인 원한을 담아 당신을 깎아내리려고 한 것은 사실입니다. 부디 한 대 때리든, 두드려 패든, 치유 연격권의 실험대로 삼든 해 주세요."

"저기, 전부 때리는 건데요."

"그래서 용서받을 수 있다면 제 동생이 어떤 처사든 받겠습니다……!"

"어라? 제 말 들리세요?"

정확하게 동생에게만 책임을 지우려 하고 있지 않아?

자세히 들어 보니 한 대 때리는 것부터 시작해서 점점 단계가 올라가고 있고.

하고 싶은 말을 다 했는지 나이아 왕녀의 얼굴에서 조금 전까지 보였던 비통한 표정이 사라졌다.

"솔직히 말씀드리자면 카일 때문에 캄헤리오의 인상이 나빠졌을지도 모르기에 적어도 이 회담이 열리는 동안만이라도 말을 못 하는 상태로 만들면 될까 싶어서요."

"너무 솔직히 까놓는 것 아닌가요?!"

"여러분께는 제 속셈도 다 간파당한 것 같으니 그냥 숨기지 않기로 했습니다. 네, 까놓는 거죠."

이 사람은 진짜 무슨 소리를 하고 있는 걸까.

슬쩍 옆을 보니 선배와 카즈키도 질겁하고 있었다.

"그래서 연격권의 실험대로는……."

"안 써요!"

"그런가요. 아쉽네요. 이걸 계기로 그 심보도 고칠 수 있을 줄 알 았는데."

정말로 아쉬워하는 나이와 왕녀의 모습을 보니 살짝 죄책감이 들었지만, 그래도 평범한 인간을 상대로 연격권을 쓸 수는 없었다.

"도, 도대체 얼마나 카일 왕자를 싫어하시는 건가요……."

카일 왕자에게 냉담했던 선배도 역시 이 취급에는 동정심이 들 었는지 그렇게 물었지만, 돌아온 것은 뜻밖의 대답이었다.

"아뇨, 딱히 싫어하진 않아요. 일단 동생이고, 아바마마와 어마 마마가 오냐오냐하는 만큼 제가 엄격하게 대할 뿐이에요."

……곰곰이 생각해 보면, 정말로 혐오한다면 설교도 안 하고 말 도 걸지 않을 것이다.

『스즈네 님! 카즈키 님! 우사토 님! 준비가 다 됐으니 이쪽으로 오 세요!』

우리를 부르는 웰시 씨의 목소리를 듣고 훈련장 중앙으로 시선을 보냈다.

"준비가 끝난 모양이네요. 여러분의 귀중한 시간을 뺏어서 죄송 합니다."

"아니에요. 저희도 왕녀님의 인품을 알게 돼서 좋았습니다."

"저도…… 오랜만에 어깨에서 힘을 빼고 다른 사람과 대화할 수 있었어요. 교류전, 힘내세요."

마지막으로 만들어 내지 않은 진짜 미소를 보여 준 나이아 왕녀가 인사하고 자리를 떴다.

우리는 그런 그녀의 뒷모습을 바라보다가 웰시 씨 곁으로 걸어갔다.

"나이아 왕녀도 재미있는 사람이네."

"카일 왕자에게 연격권을 쓰라는 얘기를 했을 때는 당황했지만요."

"역시 사람한테 쓰면 안 되는 기술이야? 다루는 마법은 치유마법이잖아."

카즈키의 말에 고개를 끄덕였다.

"치유마법이지만 위력이 너무 세."

"……들으면 들을수록 어떤 기술인지 궁금해져. 아, 그렇지. 순서는 어떻게 할래?"

"순서요?"

"우리가 기술을 선보일 순서 말이야! 다 같이 동시에 보여 줄 수는 없으니 지금 확실하게 정해 두자!"

그것도 그랬다.

남들 다 보는 앞에서 누가 먼저 하는가로 버벅거리는 건 창피하고.

몇 번째가 좋을지 고민해 보려고 하는데 카즈키가 가볍게 손을 들었다.

"저번과 똑같은 순서로 하면 되지 않을까요?"

"저번?"

"저번에 루크비스에 왔을 때, 과녁에 마법을 맞힐 기회가 있었잖아요. 첫 번째가 선배, 두 번째가 저, 그리고 형태는 다르지만 세 번째로 우사토가 하는 건 어떨까요?"

"아, 그거 좋다! 우사토 군은 어때?"

"저도 좋아요."

가위바위보를 할 필요도 없고.

그리고 마침내 우리는 웰시 씨 곁에 도착했다.

"모두 모이셨군요. 그럼 교류전에 앞서 스즈네 님, 카즈키 님의 기술과 더불어 급작스럽게 시범을 보이게 된 우사토 님의 기술『치유 연격권』을 대표분들께 보여 드리겠습니다. 여러분, 준비는 되셨나요?"

"""네."""

"일단 목검 등의 도구는 마련되어 있는데 쓰실 분 계신가요?"

"아뇨. 저는 건틀릿을 쓸 거라 필요 없어요."

"나도 마법만 쓸 거라서."

나와 카즈키가 그렇게 대답하자 선배는 뭔가를 생각하는가 싶더니 열 자루쯤 있는 목검을 가리켰다.

"좋아. 여기 있는 목검, 전부 쓸게."

"네?! 전부요?!"

"안 돼?"

"그, 그건 상관없지만…… 스즈네 님, 아무쪼록 너무 무모한 짓은 하지 마세요……."

"물론이지!"

목검 열 자루를 껴안은 선배는 검은색 과녁에서 10m쯤 떨어진 지면에 하나씩 꽂아 나갔다.

"선배는 대체 뭘 하려는 걸까?"

"모르겠어. 하지만 우리는 예상도 못 할 일을 하려는 건 분명해."

카즈키의 말에 고개를 끄덕이고 한동안 상황을 지켜보았다.

주위를 둘러보니 어느새 많은 사람이 모여 있었다.

루카스 님과 에바, 그리고 하늘색 기사들.

나이아 왕녀, 그녀에게 꿀밤이라도 맞았는지 머리를 누르며 끙끙대고 있는 카일 왕자, 호위 기사들.

하이드 씨와 헬레나 씨와 근육질 전사들.

그리고 링글 왕국의 시구르스 씨와 기사들.

그 밖에도 루크비스의 교사들과 학생들이 지켜보는 가운데, 한 자루를 남기고 목검을 지면에 다 꽂은 선배가 웰시 씨와 우리가 있는 쪽을 돌아보았다.

"웰시, 시작해도 돼?"

"네. 누차 말씀드리는데 무모한 짓은 하지 마세요."

웰시 씨의 말에 고개를 끄덕인 선배가 이번에는 우리에게 시선을 보냈다.

"우사토 군, 카즈키 군, 「순식간」일 테니까 잘 봐."

"네?"

그렇게 말하고 검은색 과녁 쪽으로 몸을 돌린 선배는 미리 남겨 뒀던 목검을 들고서 찌르기 자세를 취하고 몸에서 번개 마력을 방출시켰다.

훈련장의 공기가 팽팽해진 순간, 선배의 모습은 격렬한 번갯불과 함께 사라졌다.

『허?』

그런 누군가의 목소리가 들린 순간에 변화는 일어나고 있었다.

첫 번째 변화는 강화되었을 터인 과녁에 강렬한 소리와 함께 목검이 꽂힌 것이었다.

하지만 거기에 선배의 모습은 없었고, 재차 전격이 튀는 굉음이 울리나 싶더니 지면에 꽂혀 있던 목검이 전부 사라지고 그 목검이 과녁에 거의 동시에 박혔다.

자세히 보니 목검 하나하나가 전격을 띠고 있어서 과녁을 안쪽부터 태우고 있는 듯했다.

"—좋았어! 성공!"

지면을 미끄러지며 우리 앞에 나타난 선배는 의기양양한 얼굴로 손가락을 튕겼다.

다음 순간, 과녁에 꽂힌 목검 열 자루에서 강렬한 번개가 방출되더니 몇 초도 지나지 않아 과녁은 재가 되었다.

이건, 응. 너무 잔혹해서 말이 안 나와.

"이게 바로 10연속 번개 찌르기……!"

심지어 되게 멋있는 기술명까지 생각해 뒀다.

그 기술명만으로도 선배를 허용할 수 있어.

역시 대단해요. 진짜 존경해요.

하지만 주위 사람들은 선배가 보여 준 상궤를 크게 벗어난 초연
속 공격을 목격하고 말문이 막힌 것 같았다.

그런 시선 따위 신경 쓰이지 않는지 선배가 카즈키의 어깨를 두
드렸다.

"카즈키 군, 다음은 부탁할게."

"……네, 맡겨 주세요."

카즈키와 교대하여 내 옆으로 이동한 선배는 신난 모습으로 내
게 말했다.

"어때? 순식간이었지?"

"네, 역시 선배는 대단하네요. 멋있었어요."

"흐흥, 더 칭찬해도 돼. 나는 칭찬할수록 성장하는 타입이니까."

"……."

"침묵?!"

선배를 무시하고 카즈키에게 시선을 옮겼다.

카즈키는 선배가 만든 잿더미 옆에 있는 과녁 앞에 서서 자신의
빛 계통 마력을 높이고 있었다.

"선배가 이렇게 화려한 기술을 선보였으니 나도 못지않게 대단한
기술을 보여 줘야겠지……!"

카즈키의 양쪽 손바닥에서 열 개가 넘는 마력탄이 튀어나와 공
중에 떠올랐다.

그것들은 전부 생물처럼 움직이며 공중을 날아다녔다.

『와아…….』

『예쁘다…….』

섬세한 마력 조작을 간단히 행하는 카즈키를 보고 각국의 대표뿐만 아니라 마법을 다루는 학원 관계자도 숨을 삼켰다.

"내 힘은 위험해. 하지만 그건 어떻게 다루느냐에 따라 달라져!"

카즈키가 손을 든 순간, 마력탄이 공중에 우뚝 고정되었다.

"대상을 꿰뚫어라!"

카즈키의 호령과 함께 고속 회전하며 사출된 마력탄은 과녁을 두부처럼 관통했다.

하지만 그걸로 끝이 아니었다.

과녁을 관통한 후에도 마력탄은 사라지지 않고 다시 공중에 떠올랐다.

"미완성이지만, 계통 강화를!"

공중에 떠오른 마력탄이 합체하여 창 같은 형상으로 변화했다.

거룩하게 반짝이며 공중에서 정지한 창은 카즈키의 손짓에 맞춰 낙하하여 과녁을 꿰뚫었고 이어서 강렬한 빛이 터졌다.

빛이 사그라든 곳에는 아무것도 남아 있지 않았다. 그저 크레이터 같은 것이 존재할 뿐이었다.

『…….』

선배 때와 마찬가지로 모두의 말문이 막혔다.

당연했다. 저번보다 강화된 과녁이 두 번 연속으로 부서졌으니까.

선배도 카즈키도 끔찍한 파괴력이었지만 역시 대단했다.

하지만 곰곰이 생각해 보면 이다음에 나는 평범하게 치유 연격권을 보여 줘야 한단 말이지…….

……두 사람에게 밀리지 않게 치유 연격권에 살짝 어레인지를 가해 볼까.

＊＊＊

나와 카즈키 군이 용사의 힘을 선보인 뒤에는 어쩌면 우리보다 더 많은 관심을 받고 있을지도 모르는 기술인 우사토 군의 치유 연격권을 보일 차례였다.

"우사토, 힘내!"

"응, 어떻게든 해 볼게."

쑥스러워하며 카즈키 군과 하이파이브를 나눈 우사토 군은 세 번째 과녁 앞으로 갔다.

그 모습을 지켜보고서 나는 카즈키 군 옆으로 걸어갔다.

"치유 연격권……. 마침내 보게 되는구나."

"우사토에게 기술의 원리는 들었지만 어떤 기술인지 이미지가 안 돼요."

"나도."

어젯밤 여관에서 이 기술에 관해 설명했을 때, 우사토 군은 「이건 구명단에 소속된 자가 쓰기에 적합하지 않은 기술이에요」라고 대답했다.

상대에게 밀착한 상태로 마력을 폭발시키고, 그러면서 생긴 충격을 연속으로 때려 박는 묘기. 그의 이야기를 들었을 때, 확실히 인간에게 쓰면 안 되는 기술이라는 것은 알 수 있었다.

"하지만 반대로 말하자면…… 그 기술을 써야 했을 만큼 강한 상대였다는 거지."

"그렇죠. 우사토도 가능하면 쓰기 싫다는 식으로 말했었고요."

마왕군 제2군단장, 코가 딩갈.

흑기사…… 아니, 지금은 구명단에 있는 페름과 똑같은 어둠 계통을 다루는 마족.

어마어마한 신체 능력을 가진 우사토 군과 호각으로 싸웠으니, 나와 카즈키 군보다도 육탄전에 더 뛰어날 것은 확실했다.

"웰시, 과녁은 저기 있는 세 개가 전부야?"

근처에 있는 웰시에게 일단 확인해 보았다.

웰시는 턱을 짚으며 손에 든 메모장을 보았다.

"아뇨, 혹시 몰라서 다섯 개 준비했어요. 그중 하나는 못 쓰게 됐지만요……."

"응? 왜?"

"여러분이 오기 전에 카일 왕자가 훈련용 과녁과 착각해서 마법을 날렸어요. 과녁 자체에는 흠집도 나지 않았고 검댕 때문에 지저분해졌을 뿐이지만, 뭔가 미비한 점이 있으면 안 되기에 빼 뒀어요."

"그렇구나……."

카일 왕자라면…… 그럴 수도 있겠다.

나이아 왕녀가 안 보는 사이에 과녁에 마법을 날린 건가.

"근데 우사토는 되게 멀찍이 섰네요."

"아, 그러게."

나와 카즈키 군은 과녁에서 10m쯤 떨어졌었지만 우사토 군은 30m쯤 떨어진 곳에서 검은색 과녁을 노려보고 있었다.

도움닫기라도 하려는 걸까?

"저 치유마법사는 뭘 하려는 거야?"

뒤에서 목소리가 들려서 돌아보자 카일 왕자가 스스럼없이 다가왔다.

곧장 나이아 왕녀를 보니 말릴 새도 없었는지 미안하다는 듯 고개를 숙이고 있었다.

"회담장에서 그렇게나 거창하게 설명했던 기술이잖아. 되도록 가까이에서 직접 확인하고 싶어서 말이야. 여기서 봐도 될까?"

"……그래, 마음대로 해."

"저도 상관없습니다."

빙그레 웃으며 대응하는 카즈키 군과 달리 나는 조금 내치는 말투가 되어 버렸다.

아무래도 전과가 있는지라 환영할 마음은 들지 않았기 때문이다.

"준비 운동을 하는 걸 보면 설마 맨손으로 저걸 부수려는 건가? 내 마법에도 흠집 하나 나지 않았는데……."

"하하하, 우사토라면 괜찮아요. 그의 실력은 제가 보증하죠."

"그, 그래……?"

카즈키 군이 밝게 대답하자 카일 왕자는 어색하게 시선을 돌렸다.

카즈키 군의 올곧은 말에 카일 왕자도 당황한 거겠지.

"용사의 말을 의심하는 건 아니지만 나는 여전히 그 치유 어쩌고 권이라는 걸 못 믿겠어. 애초에 뭐가 뭔지 모르겠고, 계통 강화의 폭발이란 원리도 너무 터무니없어."

그 마음은 이해가 갔다.

계통 강화를 일부러 폭발시키는 우사토 군의 기술을 『계통 발파』라고 명명했지만 몹시 위험한 기술이었다.

맨몸으로 하면 손이 파열될 만한 일을, 건틀릿이 있다고는 하지만 태연한 얼굴로 행하고 있는 것이다.

그의 기술은 나나 카즈키 군과 마찬가지로 『어떤 마법사도 가보지 못한 영역』이었다.

『자, 그럼.』

"우사토가 자세를 잡았어……."

카즈키 군의 목소리에 정신 차리고 우사토 군을 보았다.

우사토 군은 오른팔에 건틀릿을 전개하고서 뒤로 당기고 있었다.

훈련장에 있는 모두가 우사토 군의 거동에 주목했다.

『후우…… 훗!』

우사토 군이 천천히 자세를 앞으로 숙인 순간, 뭔가가 터지는 소리와 함께 그의 몸이 가속했다.

"사라졌어?!"

카일 왕자는 우사토 군의 모습을 놓친 것 같지만 뇌수 모드로 속도에 특화된 내게는 그의 움직임이 보였다.

달려 나가는 순간, 뒤로 뺀 건틀릿에서 마력이 파열하듯 분출되면서 급속도로 가속한 것이다.

"마력 폭발에 의한 가속인가……."

지면을 밟을 때마다 가속하여 순식간에 검은색 과녁까지 도달한 우사토 군은—.

『치유 연격권!』

그렇게 외치며 과녁에 주먹을 때려 박았다.

그 순간, 과녁 중앙이 터졌고 그의 주먹은 저항 없이 그대로 내질러졌다.

"무슨?!"

『—어라?!』

지면을 미끄러지며 멈춘 그는 얼떨떨한 목소리를 내며 과녁을 돌아보았다.

그의 주먹을 맞은 과녁은…… 뭐랄까, 폭탄이라도 맞은 것처럼 무참한 모습이 되어 있었다.

『그렇게 놀라게 해 놓고 너는 또 나를 놀라게 하는구나…….』

『와아, 우사토 씨, 대단해요!』

『전사장님, 치유마법사란 뭐였죠……?』

『내 안목은 틀림없었군! 하하하!』

『의심하진 않았지만 이건 너무…….』

사마리알, 니르바르나, 캄헤리오 사람들이 치유 연격권의 엄청난 위력에 동요했다.

"아니, 어? 저건 뭐야. 저건 치유마법이 아니잖아?! 그보다 이름에 치유가 들어가면서 치유 요소는 어디 있는 거야?!"

가까이서 본 카일 왕자도 혼란스러운 듯했다.

하지만 나와 카즈키 군은 이런 결과가 되리라고 예상했었기에 자랑스러운 기분이었다.

"치유 연격권. 저렇게까지 대단한 위력을 지닌 기술일 줄은 몰랐어."

"근데 어제 했던 설명과는 달랐네요."

"아, 그러고 보니 그러네. 근거리에서 연속으로 마력 폭발을 때려박는 기술이었을 텐데 방금 그건 좀 달랐어."

그러는 사이에 우사토 군이 이쪽으로 돌아왔다.

무슨 일이지? 기술이 성공했을 텐데 표정이 좋지 않았다.

우사토 군은 땀을 줄줄 흘리며 우리가 아니라 넋이 나간 웰시 곁으로 갔다.

"웰시 씨, 죄송해요……."

"……핫?! 죄송합니다, 잠시 넋이 나갔었어요. 으음, 우사토 님, 왜 사과하시나요?"

웰시가 지적하자 우사토 군은 어색하게 시선을 피했다.

"방금 그거, 치유 연격권이 아니에요."

"""엥?"""

나, 카즈키 군, 웰시의 입에서 얼빠진 목소리가 나왔다.

그 반응을 보고 더욱 얼굴이 파래진 우사토 군에게 웰시가 물었다.

"……그건, 무슨 뜻인가요?"

"사실은…… 사실은 말이죠. 가속한 상태에서 주먹으로 때려 임팩트를 주면서 치유 연격권을 날리려고 했거든요. 근데 상상했던 깃보나 과녁이 연약…… 못 버텨서 일격에 부서져 버렸어요……."

"……."

"저기, 웰시 씨……?"

큰일이다! 웰시의 눈이 뒤집히려고 해!

"웰시! 다행히 과녁은 더 있잖아?! 그걸 써서 한 번 더 하면 되지 않을까!"

"……핫?! 그, 그렇죠! 아직 괜찮아요, 네, 괜찮아요. 진행에는 지장이 없을 터……! 힘내는 거예요……!"

자신을 타이르듯 그렇게 말한 웰시는 어딘가 귀기가 감도는 표정으로 우사토 군이 한 번 더 연격권을 보여 줄 거라는 취지를 모두에게 전하러 갔다.

나는 한시름 놓고 우사토 군을 돌아보았다.

"우사토 군, 정말로 방금 그건 치유 연격권이 아니었던 거구나?"

"네. 진심으로 기술을 쓸 수 있는 좋은 기회라고 생각해서, 이왕하는 거 힘껏 날려 본 건데……."

"히, 힘껏……."

확실히 방금 그 기술을 보건대, 전투에서는 웬만해선 쓰지 못할 것이다.

그보다도 우사토 군이 힘껏 공격하면 저렇게 되는 거야?

"설마 의도치 않게 신기술을 만들어 버릴 줄은 생각도 못 했어요."

"신기술? 아까 그 기술이?"

"치유 가속권으로 단숨에 파고들어 주먹을 날리고 동시에 마력 폭발을 때려 박는 기술…… 명명하자면……."

턱을 짚고 몇 초 정도 고민한 우사토 군은 득의양양한 표정을 지었다.

"일격에 특화된 치유 펀치. 필생 오의 『치유 펀치 제3형·순격권(瞬擊拳)』. 별명 치유 순격권……이라든가?"

"……?!"

잠깐만. 오의니 제3형이니 여러 요소가 넘쳐 나잖아.

기술명의 멋만으로도 우사토 군을 허용할 수 있어!

"그럼 치유 연격권은 또 다른 기술이구나."

카즈키 군의 말에 우사토 군이 고개를 끄덕였다.

"이번에는 이상하게 어레인지 안 하고 그대로 기술을 보일 거야. 역시 웰시 씨에게 폐를 끼칠 수는 없으니까."

그런데 우연히 고안해 낸 기술로 강화된 과녁을 간단히 부수다니.

성장한 나와 카즈키 군이야 마법으로 과녁을 파괴했다지만, 우사토 군은 마법이 아니라 완력으로 폭발시켰다.

……어쨌든 진짜 치유 연격권이 어떤 기술일지 기대되었다.

그로부터 몇 분쯤 지나 다시 한 번 치유 연격권을 선보인다는 취지를 웰시가 훈련장에 있는 사람들에게 전달했다.

다시 과녁 앞으로 이동한 우사토 군은 아까와 달리 거리를 두지 않고 과녁에 손이 닿는 위치까지 다가갔다.

선언한 대로 이번에는 도움닫기 없이 직접 치유 연격권 태세로 이행할 모양이었다.

『……좋아.』

작게 심호흡한 우사토 군은 검은색 과녁의 상부를 왼손으로 붙잡고 건틀릿에 덮인 주먹을 과녁 가운데쯤에 가볍게 얹었다.

아까와는 전혀 다른 조용한 시작에 훈련장에 있는 사람들도 쥐 죽은 듯 고요해졌다.

"치유 연격, 권!"

우사토 군이 그렇게 중얼거린 순간, 뭔가가 파열하는 듯한 소리가 과녁에 밀착된 건틀릿에서 울렸다.

마력 폭발에 의한 충격. 그것이 지금 직접 가해지고 있었다.

그 충격은 보통 수준이 아니라서 일격으로 과녁에 금이 가 있었다.

『아직 안 끝났어……!』

그걸로 끝이 아니라, 당장에라도 날아갈 듯한 과녁을 왼손으로 단단히 고정하고서 집요하게 마력 폭발을 때려 박았다.

"그렇군. 한 곳에 집중적으로 연속 타격을 가해 방어를 관통하는 기술. 그게 치유 연격권인가."

"확실히 저 정도 기술이라면 마족도 못 버티겠죠……."

"……"

그렇게 중얼거리는 나와 카즈키 군 옆에서 카일 왕자는 말문이

아예 막힌 듯했다.

치유 순격권도 임팩트가 있는 기술이었지만 치유 연격권은 그것보다 더 비인도적이었다.

일곱 번째 충격이 가해지고 과녁이 반 토막 나자 마침내 우사토 군은 오른손을 내렸다.

훈련장이 정적에 휩싸인 가운데, 곤란한 얼굴로 뺨을 긁적인 우사토 군이 돌아왔다.

"휴우~ 마력이 버텨줘서 다행이에요. 역시 마력량을 조절하는 연습이라도 해야겠어요."

"우사토 군."

나는 기뻐졌다.

"응? 왜 부르세요?"

카일 왕자를 간 떨어지게 만든 점도 그렇지만, 우사토 군이 성장하여 나랑 카즈키 군과 함께 싸워 주고 있다는 실감이 들어서 무엇보다도 기뻤다.

그렇기에 나는 선배로서, 동료로서 격려하기로 했다.

"역시 너는 내 기대를 저버리지 않는 남자야!"

"……! 가, 감사합니다."

쑥스러워하고 있어?! 우사토 군이?!

그렇다면 이대로 밀어붙여서 좋은 인상을 줘야겠지……!

"우사토 군이 있으면 그야말로 일당백이야! 아니, 어쩌면 일당천일지도 몰라!"

"……하아."

왜 거기서 한숨을 쉬는 거야, 우사토 군……!

🌸제12화 우사토의 도전!
역전의 전사 하이드!!

기숙을 선내이그니 마딕을 소비해 버린 나는 훈련장 한편에 마련된 휴게소 의자에 앉아 각 왕국의 교류전을 보며 쉬었다.

"제3형인가."

분위기에 휩쓸려서 만들었다든가 그런 건 상관없었다.

치유 순격권, 일격에 무게를 둔 정면 돌파용 치유 펀치.

생각해 보면 이 기술로 과녁이 부서지지 않았을 시 그대로 연격권을 속행할 수 있었다. 마력 소비가 크기도 하고, 이 기술도 생물에게 쓰면 안 되겠네.

네아가 알면 어떤 반응을 보일까. 그런 생각을 하고 있는데 뒤에서 누가 나를 불렀다.

"우사토, 나 왔어."

"응? 아마코구나."

교류전을 보러 왔는지 아마코가 있었다.

아마코는 내 옆에 앉더니 미묘한 표정을 지었다.

"……뭐랄까, 우사토는 본능적으로 기술을 만들어 내는 사람이구나. 아까 그거, 아무리 좋게 말해 주려고 해도 마법사는 고사하고 인간이 써도 될 기술이 아니야."

"그 정도야……?"

"키리하랑 쿄우도 깜짝 놀랐어."

"어떻게 반응했어?"

"말을 잇지 못했지. 그 기술을 본 사람은 대부분 그랬을 거야."

"역시 그런가."

예전에 왔을 때도 다들 슬금슬금 나를 피했는데 이제는 아무도 다가오지 않을 듯했다.

"참고로 스즈네와 카즈키 때는 다들 『대단해!』, 『멋있어!』라고 했어."

"뭐, 두 사람의 기술은 멋있었으니까. 응."

선배의 10연속 번개 찌르기는 잔혹하지만 엄청나게 멋있었고, 카즈키의 빛마법을 구사한 정확한 마력 조작은 눈을 뗄 수 없을 정도로 훌륭했다.

"나 때는 어땠어?"

"『위험해』, 『무서워』, 『섬뜩해』 그리고—."

"그 이상은 말하지 마. 내 마음이 못 버텨."

"이런 반응이 나올 만도 해. 스즈네나 카즈키와 달리 우사토의 기술은 물리적인 인상이 너무 강하니까."

이 취급 차이라니.

뭐, 그렇게 여겨져도 어쩔 수 없다는 것은 내가 가장 잘 알고 있다.

"그러고 보니 스즈네랑 카즈키는?"

"두 사람은 교류전을 하고 있어. 각자 다른 나라 기사들과 대련 중이야."

카즈키는 캄헤리오 왕국의 기사들과, 선배는 사마리알 왕국의 하늘색 기사들과 각각 다른 형식으로 모의전을 벌이고 있었다.

그중에서도 선배와 싸우고 있는 하늘색 기사들의 움직임이 흥미로웠다.

루카스 님이 말씀하셨던 대로 집단의 움직임에는 군더더기가 없었고, 그것은 혼전이 벌어질 수밖에 없는 전장에서도 흔들리지 않을 듯했다.

용사인 선배에게 꿀리지 않고 싸우고 있는 걸 보면 그 실력은 의심할 여지가 없지만—.

『여러분~ 힘내세요~!』

『고, 공주님께서 보고 계셔어어!!』

『『『오오오오오오오!!』』』

『으엑?! 전격을 분산시키면서 돌진해 오잖아?!』

"……."

서로 어깨가 부딪칠 만큼 밀착한 진형으로 과감하게 선배를 향해 나아가는 그녀들에게서는 무시무시한 기백이 느껴졌다.

나와 똑같은 방향을 본 아마코는 미묘한 표정을 지었다.

"있지, 우사토. 저 사람들은……."

"굳은 맹세로 맺어진 결속력을 무기로 싸우는 사람들이야. 그렇다고 해 두자."

"……으, 응."

때로 기합과 근성은 무엇보다 뛰어난 무기가 되니까.

기합과 근성으로 선배의 전격을 받아 내며 돌격할 수 있는 것은 단순히 대단한 일이었다.

저 기사들은 에바를 지키기 위해 내구를 중시한 걸까? 사마리알은 마도구에 정통한 나라고, 저 하늘색 갑옷에 특별한 힘이 있을지도 모른다.

그렇게 생각하며 자신의 몸 상태를 다시금 확인한 나는 천천히 일어났다.

"자, 그럼."

"가려고?"

"응. 역시 중요한 교류전을 아무것도 하지 않은 채 보낼 수도 없으니까."

나도 링글 왕국의 대표로 이곳에 왔다.

조금이라도 좋으니 다른 왕국 사람들과 어울려야 했다.

"그리고 앞으로 같이 싸울 사람들의 복장이나 갑옷 형태도 외워 둬야 해."

내 사명은 전장에서 다친 사람을 구하는 것이다.

적과 아군의 판단이 한순간이라도 늦어지면 살릴 수 있었을 터인 목숨을 잃게 된다.

그런 경험은 두 번 다시 하고 싶지 않았다. 그때 후회하지 않도록 지금 할 수 있는 일을 해야 했다.

아마코와 헤어져 교류전이 벌어지고 있는 훈련장에 발을 들였다.

그 자리에서 가볍게 준비 체조를 하다가, 근처에서 모의전을 관전 중인 하이드 씨의 모습을 발견했다.

"음? 오오, 우사토. 몸은 이제 괜찮나?"

나를 알아차린 하이드 씨는 변함없이 살갑게 말을 걸어왔다.

"네, 완전히 회복됐다고는 할 수 없지만 마력에도 여유가 생겼어요."

"그런가. 하지만 무리는 금물이야. 너는 우리에게도 중요한 존재니까."

하이드 씨는 그렇게 말해 줬다. 뭐랄까, 좋은 의미에서 직설적으로 말하는 사람이었다.

"링글 왕국의 기사는 다들 우수해. 마왕군과의 싸움을 경험했기 때문인지 내가 이끄는 부대의 전사들과 호각 이상으로 싸우고 있어."

나는 링글 왕국의 기사들과 니르바르나 왕국의 전사들이 싸우는 곳을 보았다.

서로 보완하듯 싸우는 링글 왕국의 기사들, 함성을 지르며 거칠지만 강력한 싸움을 보여 주는 니르바르나 왕국의 전사들. 각 왕국의 특징이 여실히 드러나는 싸움은 하이드 씨의 말대로 막상막하인 것 같았다.

"이 회담에 오길 잘했어."

"예?"

"부하들에게 좋은 경험을 시킬 수 있었고, 무엇보다 용사의 실력과 소문 자자한 구명단의 진위를 확인할 수 있었지. 이것만으로도 충분하기 그지없는 수확이야."

교류전을 바라보며 하이드 씨는 그렇게 중얼거렸다.

⋯⋯이 기회를 헛되이 날리는 건 아깝다.

그렇게 생각한 나는 실례임을 알면서도 옆에 있는 하이드 씨에게 머리를 숙였다.

"저기⋯⋯ 하이드 씨, 저와 대련해 주실 수 있을까요?"

"⋯⋯뭐라고?"

"아, 아뇨, 무리라면 거절하셔도 되지만⋯⋯."

"아니, 오히려 대환영이다. 하지만 너는 완벽한 컨디션이 아니잖아?"

하이드 씨의 말대로 지금 나는 마력을 소모해서 완벽한 컨디션과는 거리가 멀었다.

그러나 체력과 정신 면은 문제없었다.

그리고—.

"지금 하이드 씨와 대련할 기회를 놓치면 나중에 굉장히 후회할 것 같아서요⋯⋯."

"⋯⋯하하하하! 그렇군. 그런 이유라면 어쩔 수 없지! 좋아, 하자!"

즐겁게 웃은 하이드 씨는 내 어깨를 힘차게 두드렸다.

"헬레나, 난 지금부터 이 친구와 싸울 거야. 잠시만 뒷일을 부탁하마."

"자, 잠깐 기다려 주세요. 얘기는 옆에서 들었지만, 너무 열을 올리지는 마세요. 전사장님은 열중하면 정말로 감당할 수가 없으니까요."

"훗, 걱정하지 마. 내가 누군데."

"어째서 그렇게나 자신감이 넘치시는 건지 이해할 수 없습니다만⋯⋯."

어깨를 축 떨군 헬레나 씨를 보니 왠지 미안한 마음이 들었다.

"그래도—."

해볼 가치는 충분히 있다.

하이드 씨는 미아라크의 레오나 씨처럼 힘만 가지고는 쉽게 뛰어넘을 수 없는 기술을 활용하여 싸울 것이다.

하지만 그래도 상관없다.

승패가 아니라 여기서 무엇을 얻을 수 있을지가 내게는 중요했다.

우리는 훈련장의 빈 곳으로 이동했지만 하이드 씨의 손에는 훈련장에서 빌려주는 원형 방패밖에 없었다.

무기는 안 쓰는 걸까 의문스럽게 여기고 있으니 하이드 씨가 황토색 마력을 휘감고서 오른발을 들어 지면을 쿵 밟았다.

갑작스러운 행동에 깜짝 놀란 것도 잠깐, 하이드 씨의 눈앞에 있는 지면에서 손잡이 같은 것이 튀어나왔다.

"으엑?!"

"영, 차."

하이드 씨가 손잡이를 잡고 뽑자 끝부분이 칼날로 변하며 창 같은 형상이 되었다.

"그저 특수한 땅 계통 마법일 뿐이야. 마력을 땅에 주입해서 형상과 강도를 어느 정도 자유롭게 조종할 수 있는 수수한 마법이지. 아, 물론 날을 세우지는 않았어."

레, 레오나 씨처럼 마법으로 무기를 만든 건가…….

혹시 레오나 씨나 하이드 씨 같은 실력자는 마법으로 무기의 형상을 바꿔 전투에 쓰는 것이 기본인 걸까?

손에 든 창의 상태를 확인하듯 고쳐 쥔 하이드 씨는 여전히 놀란 눈으로 보고 있는 나를 향해 웃었다.

"네가 원하는 건 온갖 무기에 정통한 나와 싸우는 거잖아? 그렇다면 내 마법을 쓰는 편이 좋겠다고 생각했다."

"절 위해서 그렇게까지……."

"어느 나라 사람이든, 어떤 계통의 마법을 가지고 있든 관계없어. 확실한 뜻을 가지고서 강함을 추구하는 자가 있다면 언제든 길을 보여 줘야지. 그게 지도자 위치에 있는 내 역할이야."

그렇게 말하고 하이드 씨는 방패를 들었다.

"나는 준비가 끝났는데 네 쪽은 어떻지?"

"저도 언제든 시작할 수 있습니다."

건틀릿을 전개하고 평소처럼 자세를 잡았다.

마력을 많이 소비하는 치유 가속권은 여러 번 쓸 수 없다. 그렇다면 내 전투법을 얼마 전으로 되돌리면 된다.

하이드 씨의 움직임을 주시하고 있으니 그가 창을 든 오른손을 크게 치켜드는 모습이 시야에 잡혔다.

"흠!"

"읏?!"

창을 내던졌어?!

갑작스러운 공격에 당황하면서도 몸을 기울여 피하자 이번에는 방패를 들고 돌격해 왔다.

순간적으로 왼팔을 내밀어 하이드 씨의 돌진을 막았다.

"끄응!"

"한 손에 막히는 건가!"

결코 작지 않은 충격이었지만 그래도 공격 자체는 막았다.

여기서 치유 펀치로—.

"역시 신체 능력은 뒤떨어지는군. 그렇다면 이건 어떠냐!"

하이드 씨는 방패를 밀며 발을 굴렀고, 재차 지면에서 튀어나온 손잡이를 잡아 그것을 밑에서 쳐올렸다.

뒤로 물러나 간신히 피했지만 나타난 무기를 보고 간담이 서늘해졌다.

"도끼인가……!"

방패에 가려져서 못 봤다……!

무기 생성에 거의 빈틈이 없었다. 내가 아직 제 실력을 발휘하지 못하고 있기는 하지만, 전법이 너무 변칙적이야!

"발밑을 조심해야지."

"읏, 이런—."

도끼에 정신이 팔린 순간, 하이드 씨가 날린 발차기가 내 발을 직격했다.

그러면서 생긴 틈을 노려 방패로 몸을 친 하이드 씨는 그대로 나를 들어 올려서 던져 버렸다.

"이래도!"

공중에서 자세를 바로잡아 치유 비권을 날렸다.

설마 날아가면서 공격할 줄은 몰랐는지 하이드 씨는 놀라면서도 방패를 들어 치유 비권을 막았다.

"아니?!"

"하하! 강렬하군!"

치유 비권을 처음 봤으면서 막았어……?! 아니, 동요하고 있을 때가 아니야!

착지와 동시에 하이드 씨에게 접근을 시도했다.

그런 나를 보고서 하이드 씨는 방패를 땅에 던지더니 마법으로 새로운 검을 만들어 냈다.

"자, 덤벼라!"

"네!"

도끼와 검을 쓰는 이도류.

언밸런스할 것 같지만, 단순히 공격 횟수가 두 배로 늘어난 것만으로도 한없이 성가셨다.

"섣불리 맞붙지 않고 품으로 파고들겠어……!"

치유 가속권을 한 번만 발동시켜서 단숨에 가속한 나는 하이드 씨가 왼손에 든 검을 건틀릿으로 튕긴 후 치유마법을 두른 왼손의 바탕손을 내질렀다.

"하앗!"

바탕손은 직격하기 직전에 도낏자루에 막히고 말았지만, 그래도 나는 힘으로 하이드 씨의 몸을 밀어냈다.

그 충격으로 하이드 씨가 검을 놓치면서 내 눈앞에 있는 지면에 꽂혔다.

바탕손이었지만 어느 정도 위력은 통했을 터다. 그렇다면 이 틈에 추격타를—.

"너와 싸워 보고 알게 된 것이 있다."

"……읏!"

"확실히 넌 젊은 용사와 비교해도 손색없는 실력을 가지고 있어."

고개 숙인 채 금이 간 도끼를 버린 하이드 씨는 꿇었던 무릎을 펴며 맨손 상태로 천천히 일어나 험악한 표정을 지었다.

"하지만 너는 싸우는 상대만을 주시하지. 지금도 그래."

그가 그렇게 말한 순간, 아까 내 앞에 꽂혔던 검에서 미량의 마력이 나오고 있음을 깨달았다.

눈치챘을 때는 이미 늦어서, 내 복부를 노리고 원기둥 같은 것이 지면에서 무시무시한 속도로 솟아났다.

검에 담은 마력으로 지면을 조작했어?! 그런 일이 가능한 거야?!

허를 찔린 나는 즉각 건틀릿으로 방어하려고 했지만, 복부를 직격하기 직전에 원기둥의 움직임이 멈췄다.

"……멈췄어? 아니, 멈춰 준 건가……."

완전히 의식하지 못한 공격이었다.

땅 계통 마법을 쓴다면 상정할 수 있는 공격이었을 터……. 그러지 못한 것은 하이드 씨가 말한 대로 그의 움직임에만 집중하며 주변을 보지 않았기 때문이다.

반성하고 있으니 하이드 씨가 성큼성큼 이쪽으로 걸어왔다.

"우사토! 너는 강하다! 아주 강해!"

"예? 가, 감사합니다!"

무심코 나도 큰 목소리로 감사 인사를 하고 말았다.

내 대답에 하이드 씨는 만족스럽다는 듯 고개를 끄덕였다.

"하지만 마법사와 싸운 경험이 압도적으로 부족해. 아니, 경험은 있지만 그 상대가 너무 극단적이었다고 해야 할까?"

돌이켜 보면 내가 싸웠던 사람들은 대부분 특수한 방식으로 싸웠던 것 같다.

"마법사 중에는 아까처럼 원격 발동이 특기인 자나 떨어진 곳에서 허를 찌르는 자도 있어. 그런 자들을 상대할 때, 지금의 너는 반드시 한발 늦게 대응할 수밖에 없겠지."

"네……."

"시야를 넓게 가져라. 네가 부족한 것 중 하나가 그거야. 너는 상대의 움직임만 주시하느라 그 외의 것을 소홀히 하고 있어. 조금 전 대련에서도 무기에 정신이 팔린 탓에 발밑에 대한 주의가 산만해지거나, 후퇴한 나를 의식하느라 마력이 담긴 검을 눈치채지 못했지."

하이드 씨의 말을 듣고 나는 코가와 싸우면서 다쳤던 것을 떠올렸다.

어깨와 배와 발, 세 곳을 동시에 뚫었던 공격.

그 공격도 내가 코가의 움직임에 정신이 팔려서 받은 것이었다.

"뭐, 잘난 듯이 말은 했지만 나도 간단히 일격을 받았으니 말이지. 이거 참 꼴사납군."

『전사장님! 아직 어린 친구에게 기습을 가한 것부터가 상당히 꼴사나운 일입니다!』

"시끄러워! 그런 건 내가 제일 잘 알아!"

헬레나씨의 야유에 하이드 씨가 살짝 발끈하여 외쳤다.

하이드 씨는 일격을 받았다고 했지만, 확실하게 방어했으니 그런 건 일격이라고 할 수 없을 것이다.

오히려 하이드 씨가 진짜 실력을 발휘하면 얼마나 강할지 궁금해졌다.

다종다양한 무기를 구사하는 데다가 땅 계통 마법을 이용한 전투법을 쓸 수 있다는 걸 생각하면 지금의 나는 대응할 수 없을지도 모른다.

"자, 아직 시간은 있는 것 같은데 계속할 건가?"

"물론이죠!"

방패를 줍고 흙으로 할버드를 만들어 낸 하이드 씨의 말에 즉답했다.

지금까지 보이지 않았던 것, 내게 부족했던 것이 하나씩 발견되었다.

처음에는 여러 가지로 불안하기도 했지만, 이 회담에 오게 돼서 다행이라고 진심으로 생각했다.

제13화 부녀와의 대화!!

교류전을 미친 날 밤.

저녁 식사를 끝낸 나는 여관 침대에 드러누워 아까 미팅 때 들은 이야기를 생각했다.

"내일이면 회담도 끝인가."

아무 일도 일어나지 않는다면 회담은 내일 끝난다.

뭔가 부족한 점이 있으면 며칠 정도 연장할 예정이었지만, 마왕군에 대한 각국의 위기감이 예상했던 것보다 높아서 상정했던 일수보다 빠르게 회담을 마칠 수 있었다고 한다.

언제 마왕군이 쳐들어와도 이상하지 않은 상황 속에서 회담이 빨리 끝난 것은 우리에게도 바람직한 일이었다.

그렇게 생각하고 있는데 갑자기 누군가가 내 방문을 두드렸다.

누구지. 카즈키인가? 아니면 선배일까?

아니, 선배였다면 「우~사~토~군~!」 하고 문 너머에서 불렀을 테니 아니겠지.

고개를 갸우뚱하며 방문을 열자—.

"안녕, 우사토. 놀러 왔다!"

전혀 예상치 못한 인물이 눈앞에 나타나서 반사적으로 문을 닫았다.

심호흡한 후, 다시 한 번 천천히 문을 열었다.

"안녕, 우사토. 놀러 왔다!"

"뭐 하시는 거예요……."

내가 질색하자 루카스 님은 장난이 성공한 어린아이처럼 웃었다.

"이게 바로 왕족에게만 허락된 전통 기술『깜짝 잠행』이란 거지."

"그런 전통 기술은 금시초문입니다!"

"어이쿠, 걱정할 것 없어! 호위는 확실하게 데려왔으니까."

그런 문제가 아니라고 생각하는데요.

왜 이 사람은 이렇게 자유로운 걸까.

루카스 님 덕분에 회의가 막힘없이 진행되어서 감사하긴 하지만.

"그러고 보니 에바는 어쩌고 있나요?"

"아아, 그 아이라면……."

고개를 갸웃하고 있으니 복도 쪽에서 목소리가 들렸다.

『안녕하세요! 스즈네 씨! 우호를 돈독히 해요!』

『으아아아?!』

"지금 스즈네의 방에 놀러 갔군."

"아아, 과연."

선배가 에바의 순진함에 정화되는 모습이 쉽게 상상이 가는 것은 왜일까.

에바에게 휘둘릴 선배, 그리고 선배와 친해지려고 노력하는 에바에게 속으로 응원을 보내며 나는 루카스 님을 방에 들였다.

"들어오시지요."

"하하하, 그렇게까지 격식 차리지 않아도 돼. 불쑥 찾아온 사람은 나니까."

"아뇨, 그게 아니더라도 윗사람이니까요……."

테이블과 의자를 방 중앙으로 끌어 루카스 님에게 앉으라고 권했다.

"먼저 오늘 교류전을 본 감상을 말하마. 단적으로 말하자면, 그래, 네가 여전해서 나는 안심했어."

"여, 여전하다니……."

아니, 확실히 여전하긴 했죠.

루카스 님 앞에서 기사 여러 명을 맨손으로 진압했었고, 게다가 왕국에서 가장 강한 기사인 페그니스 씨를 격퇴하기도 했으니까.

"널 찾아온 건 상담하고 싶은 게 있었기 때문이야."

"이야기라면 낮에 오셔서 해도 됐을 텐데……."

"이 건은 조금 복잡해서 말이지. 무관계한 인간에게는 이야기할 수 없어."

무관계한 인간에게는 할 수 없는 이야기라면…… 나와 관련된 이야기라는 건가.

"페그니스에 관한 얘기를 하고 싶어."

"그는 지금 어쩌고 있나요?"

"아직 감옥에 있어. 사건 직후보다는 안정을 되찾았지만 그래도 여전히 입을 열지 않아."

그가 저지른 짓을 생각하면 그럴 만도 하지만, 그 말을 하는 루카스 님의 표정은 어딘가 슬퍼 보였다.

"확실히 그 녀석은 죄를 저질렀어. 저주의 존재를 알면서도 아무 것도 하지 않으며 엘리자가 사라지게 내버려 뒀고, 끝내는 에바를 희생하여 널 사마리알에 붙잡아 두려고 했어."

"그랬, 죠……."

사마리알을 위해.

그것이 페그니스 씨의 목적이었다.

하지만 내게도 중대한 사명이 있었고, 무엇보다 에바를 희생시키지 않기 위해, 그가 지켜 온 수백 년에 걸친 저주를 부숴서 속박되어 있던 사람들의 영혼을 해방했다.

"그건 확실히 용서받을 수 없는 일이야. 하지만 나는 아직 그 녀석을 친구라고 생각하고 있어. 설령 속고 있었더라도, 그 녀석의 도움을 받아 나라를 다스렸던 사실은 변하지 않아."

당시에도 생각했지만 루카스 님과 페그니스 씨는 정말로 절친한 사이였구나.

그런 만큼 배신당한 것이 충격적임과 동시에 온전히 미워할 수 없을 것이다.

"그 일의 당사자인 네게 묻고 싶어. 나는…… 페그니스를 용서해도 되는 걸까?"

나는 최대한 말을 골라서 대답했다.

"제가 이런 말 하긴 뭐하지만, 페그니스 씨에게는 나름대로 신념이 있었을 거예요. 비록 일그러진 신념이었지만, 그는 사리사욕 때문이 아니라 사마리알 사람들을 위해서 그런 짓을 저지르려고 했어요. 그렇기에 용서할지 말지와는 별개로…… 대화를 나눠 봐야한다고 저는 생각해요."

나도 에바를 희생하려고 한 페그니스 씨의 행위를 용서할 수는 없지만, 루카스 님과의 대화를 계기로 그가 올바른 길을 걷게 된다면 그게 가장 좋았다.

"……그렇지. 네 말이 맞아. 사실은 나도 알고 있었을 테지만 도저히 행동으로 옮길 수 없었어. ……나는 그저 네게 용기를 받고 싶었던 걸지도 몰라."

"네? 저한테요?"

"그 사건의 전모를 아는 건 한정된 사람들뿐이니까. 모든 것을 아는 너의 답을 듣고 싶었던 거지."

짐을 덜어 낸 사람처럼 웃은 루카스 님은 등받이에 몸을 기댔다.

"에바에게도 똑같은 얘기를 했었어."

"에바는 뭐라고 하던가요?"

"『제가 아니라 아바마마는 어쩌고 싶으세요?』라고 도리어 질문을 받았어. 다소 생각하는 바는 있는 것 같았지만, 지금 그 아이에게는 그보다도 더 큰 관심사가 있으니까."

그건 그럴지도 모르겠다.

지금 에바는 십여 년이나 모르고 지내야 했던 바깥세상과 접할 수 있게 됐다. 남을 원망할 새가 없을 만큼 즐거울 터다.

"몰래 여기 온 보람이 있었어."

"별반 멋진 말을 해 드리지도 못했는데요……."

"그렇지 않아. 친구로서 너와 이야기를 나누고 나도 앞으로 나아갈 용기를 얻을 수 있었어."

페그니스 씨가 감옥에 들어가기 전까지는 그가 루카스 님의 상담을 받아 줬을지도 모르겠다.

그를 대신할 수는 없겠지만 힘이 돼서 다행이었다.

"내가 오래 있으면 너도 불편하겠지. 슬슬 돌아가마."

"아, 네."

자리에서 일어난 루카스 님을 보고 나도 일어났다.

내일 회담이 끝나면 모든 왕국이 마왕군과의 싸움에 대비하느라 바빠질 것이다.

"루카스 님. 제가 할 수 있는 일이 있다면 뭐든 힘이 될 테니 너무 무리는—"

"어? 그럼 내 뒤를 이어서—"

"이쪽으로 돌아가시면 됩니다!"

이야기가 귀찮아질 예감이 들었기에 나는 서둘러 방문 손잡이를 잡았다.

장난처럼 말했지만 눈이 진심이었어……!

식은땀을 흘리며 문을 열자 노크하려고 했었는지 손을 들고 있는 에바와 눈이 마주쳤다.

"우, 우사토 씨……."

"아, 아아, 에바구나. 루카스 님을 부르러 왔어?"

"앗, 네."

갑자기 눈이 마주친 나와 에바는 살짝 뒤로 물러나면서 시선을 돌렸다.

그러자 그녀와 함께 온 듯한 선배가 손으로 입을 가리고서 충격 받아 떠는 모습이 보였다.

"서, 설마, 이건 소위 「문을 연 순간에 의도치 않게 눈이 마주쳐서 서로 쑥스러워하는」 이벤트……?!"

죄송해요. 말이 빠른 데다가 너무 길어서 절반 정도밖에 못 알아들었어요.

선배 덕분에 침착함을 되찾은 나는 루카스 님이 지나갈 수 있게 옆으로 비켰다.

"에바, 나는 먼저 돌아간다만 너는 어쩔 거지?"

"저기, 스즈네 씨의 방에서 자고 가도 될까요?"

루카스 님은 깜짝 놀란 것 같았으나 이내 웃으며 고개를 끄덕였다.

"그래, 상관없어. 스즈네, 이 아이를 부탁해."

"네. 하지만 일단 호위는 붙여 두는 편이 좋을 것 같은데요……."

"아아, 그거라면 걱정하지 않아도 돼. 호위 기사들은 언제나 에바를 지킬 수 있는 위치에 숨어 있으니까."

지킬 수 있는 위치에 숨어 있다라…….

주위를 둘러보니 모퉁이에서 이쪽을 살피는 몇몇 인영이 보였다.

『우사토 님에 이어서 공주님께 두 번째 친구가……!』

『울면 안 돼! 우리는 공주님의 호위야……!』

『글썽거리는 눈으로는 공주님을 지킬 수 없어……! 참는 거야!』

몇 명이 보이고 있으니 이건 숨어 있다고 할 수 없는데요.

"그러니 스즈네. 호위에 관해서는 걱정하지 않아도 돼."

"그, 그런가요……."

"에바. 내일 회담이 시작되기 전에 데리러 올 사람을 보내마. 즐기는 건 좋지만 우사토와 스즈네에게 폐 끼치지 않게 조심해."

"네!"

기쁘게 대답한 에바를 보고 고개를 끄덕인 루카스 님은 근처에 대기시켰던 다른 호위와 함께 자리를 떴다.

"우사토 군, 이제 어쩔 거야?"

"그야 방에 돌아갈 건데요……."

"아니, 모처럼 에바도 있잖아!"

어쩔까 고민하고 있으니 우리의 대화를 가만히 듣던 에바가 말을 꺼냈다.

"저기, 폐가 아니라면 여러분의 여행 이야기를 듣고 싶어요."

"여행 이야기라. 선배는 어때요?"

"난 전혀 상관없어. 아, 이왕 이야기하는 거 카즈키 군도 데려오자. 이야기할 사람이 많은 편이 더 즐거울 테고."

그럼 카즈키를 부르러 갈까. 아직 잠들지는 않았을 것이다.

"아, 내가 불러올게. 내가 꺼낸 제안이니까."

"그럼 여기서 에바랑 기다리고 있을게요."

"응. 그럼 갔다 올게."

그렇게 말하고서 선배는 카즈키를 부르러 갔다.

방에는 나와 에바, 둘만 남게 되었는데, 곰곰이 생각해 보니 조금 부끄러웠다.

"왠지 우사토 씨가 사마리알에 있을 때가 떠오르네요."

"응, 그러게."

그립다는 듯 그렇게 말한 에바에게 동의했다.

사마리알을 방문한 첫날은 정말로 큰일이었지.

느닷없이 루카스 님의 호출을 받아 성에 가고, 에바와 함께 생활하게 되고.

"지금은 어디 살고 있어? 역시 성이려나?"

"예전과 다름없이 그 집에 살고 있어요."

"어? 거기는 집을 덮는 돔 형태의 결계가 쳐져 있었을 텐데……."

"그 결계를 만드는 마도구는 해제했어요. 제게는 더 이상 필요 없으니까요."

"그런가……."

에바는 이제 저주에 좀먹히지 않고 자유로운 인생을 살 수 있다.

그건 내게도 기쁜 일이었다.

"우사토 씨가 구해 주신 뒤로 저는 많은 풍경을 봤어요. 지금껏 걸어 다닐 수 없었던 거리의 풍경, 나무들이 펼쳐진 숲, 온통 새파란 호수……."

그 광경을 떠올렸는지 기쁘게 고개를 끄덕인 에바가 나를 돌아보았다.

"세계는 아름다움으로 가득 차 있었어요!"

"조, 조금 진정하자……."

상체를 앞으로 쑥 내미는 에바를 달랬다.

"죄, 죄송해요……."

"아냐, 괜찮아. 네가 정말로 바깥세상을 즐기고 있다는 걸 알게 됐으니까. 괜찮다면 네가 새롭게 보고 알게 된 것들도 들려주지 않을래?"

"네!"

꽃처럼 환하게 웃으며 고개를 끄덕이는 에바를 보자 나까지 웃음이 났다.

사라질 운명에 처하고 그것을 받아들였던 에바가 행복하게 추억을 이야기한다.

그것만으로도 사마리알에서 노력한 보람이 있다는 생각이 들었다.

"우선, 친해진 하늘색 기사님들에 관해 이야기할게요!"

문 쪽에서 몇 명이 쓰러지는 듯한 소리가 들렸지만 기분 탓이겠지.

"기사님들은 아바마마가 제 호위로 모아 주신 아주 굉장한 분들이에요!"

"확실히 낮에 있었던 교류전은 대단했지."

선배의 전격을 맞으면서도 진형이 흐트러지지 않았고.

에바의 응원으로 한층 더 파워업하는 모습을 보여 줄 줄은 몰랐지만.

"저와 나이가 비슷한 분도 많아서 여러 가지를 가르쳐 주세요."

그럼 에바도 이야기하기 편하겠네.

"에바는 기사들과도 친구가 됐구나."

"네! 하지만 제가 그렇게 말하면 갑자기 가슴을 부여잡고 괴로워하는 사람이 많아요……."

"그거 괜찮은 걸까……."

"걱정하지 말라고 본인은 말씀하시지만요……."

그건가? 에바가 너무 순수해서 가슴이 터질 것 같아지는 건가?

이해 못 하는 바는 아니지만.

"아, 그러고 보니 우사토 씨를 궁금해하는 분도 계셨어요."

"어? 왜?"

"아바마마께 부탁받았다던데요."

……루카스 님, 역시 얕볼 수 없어!

그때, 에바의 표정이 어두워졌음을 깨달았다.

"왜 그래?"

"아뇨, 이렇게 행복한 나날이 올 줄은 생각도 못 해서……. 언젠가 누구의 배웅도 받지 못한 채 사라져 버릴 줄 알았거든요……."

"에바……."

"그래서 우사토 씨에게는 정말 아무리 감사해도 부족해요."

뭐라고 말하면 좋을지 망설이고 있으니 에바가 이어서 말을 꺼냈다.

"포기하고 있던 제게 당신은 자유를 줬어요. 어떤 고난 앞에서도 포기하지 않았던 당신의 뒷모습은 지금도 선명하게 제 눈에 새겨져 있어요."

"그렇게 호들갑스럽게 말할 만한 건……."

267

"호들갑이 아니에요. 왜냐하면 우사토 씨는 제게 단 하나뿐인 소중한 사람이니까요."

그런 말을 들으니 평범하게 쑥스러웠다.

얼버무리듯 뺨을 긁적인 나는 에바에게서 시선을 돌리며 입을 열었다.

"감사는 이미 충분히 전해졌어. 네가 바깥세상을 즐겨 준다면 나는 그걸로 좋아."

"……후후."

에바가 웃자 노크 소리가 울렸다.

"카즈키 군을 불러왔어."

"나 왔어~ 우사토. 넷이서 이야기한다며?"

선배와 카즈키가 더해지자 방이 단숨에 시끌벅적해졌다.

"그럼 느긋하게 이야기할까."

힘든 인생을 살았던 에바의 앞날은 다채로운 색깔로 가득 차 있다.

나는 그녀의 미래가 행복하기를 진심으로 소원했다.

❀제14화 회담 종료와
　　　　다가오는 마왕군의 그림자!!

어젯밤에는 떠들썩한 시간을 보낼 수 있었다.

선배의 방에서 다 같이 이야기를 했는데 이게 또 시끌벅적해졌다.

선배는 에바의 입에서 순수한 말이 나올 때마다 보이지 않는 무언가에 얻어맞은 듯한 반응을 보였다.

나와 카즈키는 그런 두 사람의 모습을 보고 어이없어하면서도 웃었다.

넷이서 즐겁게 이야기를 나눈 시간이 에바에게도 좋은 추억이 되었으면 좋겠다.

* * *

"—이상으로 4왕국 회담을 마칩니다. 사마리알 왕국, 니르바르나 왕국, 캄헤리오 왕국의 대표 여러분, 회담에 출석해 주셔서 감사했습니다."

다음 날 열린 세 번째 회담을 거쳐 루크비스에 모인 네 왕국은 완전한 협력 관계가 될 수 있었다.

싸우는 것은 무섭지만, 서로를 도울 아군이 있으면 든든하다.

웰시 씨의 선언으로 회담은 폐막했지만 다들 바로 나가지 않고 각국의 대표들과 작별 인사를 나눴다.

"그럼 우사토. 곧 다시 만나게 될지도 모르지만, 그때는 잘 부탁하마."

"저야말로 잘 부탁드립니다, 하이드 씨."

맨 먼저 말을 걸어온 하이드 씨와 악수했다.

짧은 기간이었지만 많은 것을 배웠다. 앞으로 그것을 확실하게 살릴 수 있도록 단련을 계속하자고 다짐했다.

"어이, 치유마법사."

이어서 나를 부른 것은 캄헤리오 왕국의 카일 왕자였다.

그는 자못 심사가 불편하다는 표정으로 나를 노려봤지만, 옆에 서 있던 나이아 왕녀가 팔꿈치로 옆구리를 찍어서 「으헉」 하는 기운 빠지는 비명을 질렀다.

"누, 누님! 갑자기 무슨 짓이야?!"

"실례되는 짓을 저지르기 전에 미리 견제해 두자 싶어서요."

"불합리해! 아직 아무 짓도 안 했다고!"

"……아직?"

"나, 나이아 왕녀, 그쯤 하죠……."

이해할 수 없는 이 불합리함은 로즈를 연상시키지만, 그 대상은 카일 왕자 한정일 것이다.

"볼썽사나운 모습을 보였네요."

"아, 아뇨, 신경 쓰지 않으니까……."

오히려 익숙해졌다고도 할 수 있었다.

"저희 왕족은 전장에 나갈 수 없지만 여러분이 무사하기를 진심으로 기도하겠습니다."

"감사합니다."

"……실은 여기 오기 전까지 여러분을 뵙는 게 조금 불안했어요."

"뭐? 누님이 불안해하다니 말도 안—."

뭐라고 말하려고 했던 카일 왕자를 재차 팔꿈치로 찍은 나이아 왕녀가 이쪽으로 시선을 되돌렸다.

"소문은 어디까지나 소문. 아무리 유명하더라도 그 사람의 본질은 직접 만나 봐야 알 수 있으니까요."

"그랬군요……."

나 같은 경우는 아무 근거도 없는 기사가 나돌았으니 말이지. 불안하게 여기는 것도 어쩔 수 없다.

"특히 우사토 님은 처음엔 굉장히 무서운 사람인 줄 알았지만, 가까이서 보니 무리해서 무서운 표정을 짓고 있다는 걸 알게 돼서 바로 인식을 고쳤어요."

"어? 알고 계셨어요?"

"네. 카일은 전혀 눈치채지 못했지만요."

내가 일부러 무서운 표정을 짓고 있었던 것이 나이아 왕녀에게는 훤히 보였던 모양이다.

이제 와서 지적받으니 뭔가 좀 부끄럽네.

"모든 것이 끝난 뒤에라도 괜찮으니, 캄헤리오에 놀러 오세요. 한껏 신경 써서 대접해 드리겠습니다."

그렇게 말하고서 싱긋 미소 지은 나이아 왕녀는 옆에 있는 카일 왕자를 돌아보았다.

"카일, 당신도 하고 싶은 말이 있죠?"

나이아 왕녀를 신경 쓰면서도 한 걸음 앞으로 나온 카일 왕자는 변함없이 언짢은 표정으로 말했다.

"어이, 치유마법사…… 아니, 우사토! 넌 확실히 터무니없어! 이쯤 되면 인간인지 아닌지도 의심스럽지만, 지금 그건 넘어가겠어!"

개인적으로는 계속 그대로 들추지 말고 뒀으면 좋겠는데요.

"너한테는 지지 않을 거다!"

"……뭐, 뭘 지지 않겠다는 것인지?"

"마법이라든가, 프라이드라든가, 왕자로서 이것저것 포함해서 지지 않겠다는 말이다!"

"네, 네에……."

어째선지 내게 대항심을 불태웠다.

카일 왕자와 나는 경쟁하는 분야가 너무 다른 것 같지만, 그걸 말하는 것은 멋없는 짓일까.

"그 말을 하고 싶었을 뿐이야! 내가 이기기 전에 죽지 마라! 그럼 이만!"

그렇게 말한 카일 왕자는 나이아 왕녀를 기다리지도 않고 자리를 떴다.

도망치듯 떠나가는 카일 왕자를 보고 나이아 왕녀는 한숨을 쉬었다.

"마침내 유흥거리 외에도 눈을 돌리게 됐군요. 이로써 조금이라도 어른이 되어 준다면 좋겠는데……. 마지막까지 동생이 실례했습니다. 그럼 다시 뵐 날을 즐겁게 기다리겠습니다."

그렇게 말하고서 나이아 왕녀는 카일 왕자를 쫓아 자리를 떴다.

기분 탓일지도 모르지만 그녀의 마지막 말은 왠지 상냥하게 느껴졌다.

나는 외동이라 알 수 없으나, 남매는 저런 것일까?

하이드 씨, 나이아 왕녀, 카일 왕자와 말을 나눴으니 마지막으로 루카스 님에게 갈까.

"루카스 님은 어디 계시지……."

"여기 있다."

뒤에서 다가온 루카스 님의 목소리를 듣고 뒤돌아 바로 머리를 숙였다.

"죄송해요. 제 쪽에서 찾아가려고 했는데……."

"하하하, 신경 쓰지 않아도 돼. 이것 참, 너도 인기인이 다 됐군."

"인기인이라기보다 별종 같은 거지만요……."

즐겁게 웃는 루카스 님을 보고 어색하게 웃었다.

이번 회담에서 여러 가지로 요란하게 굴긴 했지만, 구명단의 치유마법사로서 실력은 충분히 보였다.

그 자리에서 어중간하게 행동했다면 전장을 달릴 때 내 실력이 못 미더워 병사들이 도움을 구하지 않을지도 모른다.

"사마리알 왕국은 전력으로 너희를 돕지. 내게도 지켜야 할 것이 있어. 그걸 두 번 다시 잃지 않기 위해, 위협이 되는 마왕군을 어떻게든 해야 해."

진지한 표정으로 그렇게 말하는 루카스 님에게 고개를 끄덕였다.

"스즈네와 카즈키에게도 한 말이지만……. 우사토, 죽지 마라."

"……네!"

"에바도 나도 네가 무사하기를 진심으로 바라고 있어."

루카스 님은 내 어깨에 손을 얹고 그렇게 말했다.

이렇게나 생각해 주시다니, 오기로라도 살아 돌아와야겠네.

"너는 언젠가 내 뒤를 이을 남자니까."

"네! ……앗, 아닌데요?!"

퍼뜩 고개를 들자 못되게 웃는 루카스 님과 마도구 같은 것을 이쪽으로 내밀고 있는 하늘색 기사가 시야에 잡혔다.

"좋아, 언질받았다! 방금 그거 담아냈나?!"

"물론입니다! 루카스 님!"

"잘했다!"

엄지를 치켜드는 루카스 님과 하늘색 기사를 보고 일순 멍해지고 말았다.

『너는 언젠가 내 뒤를 이을 남자니까.』

『네!』

나와 루카스 님의 조금 전 대화가 마도구에서 음성으로 흘러나왔다.

"서, 설마 목소리를 녹음하는 마도구?!"

"훗, 우리 사마리알의 기술을 구사하면 이 정도는 간단히 만들 수 있지!"

마도구는 이런 것까지 가능한 거야?!

"아, 우사토. 이건 회담을 위해 준비한 것이니 부수면 안 돼. 물론 웰시에게도 허가는 받았다!"

"이, 일부러 함정을 파셨군요?!"

"네게 한 말은 틀림없는 본심이야! 하지만! 너는 이렇게라도 하지 않으면 죽음을 서두르는 성격이니까! 차라리 살아남아야만 하는 이유를 만들기로 한 거지!"

말과 행동 자체는 매우 기쁘지만, 그 녹음이 나중에 비장의 카드가 될 것 같아서 불안한데요.

"그럼 다음에 만날 날을 기대하마!"

루카스 님은 활짝 웃고서 자리를 떴다.

"마지막 순간에 엄청난 일이 벌어졌네……."

살아 돌아와야만 하는 이유가 늘어났다고 생각해야 할지, 아니면 루카스 님에게 성가신 카드를 줬다고 생각해야 할지…….

뭐, 나를 생각해서 한 행동이니 화낼 수는 없지.

하지만 언젠가 그 녹음은 반드시 어떻게든 하자……!

*＊＊

4왕국 회담을 마친 후, 우리는 웰시 씨와 함께 루크비스 학원의 학원장님인 글래디스 씨가 있는 학원장실로 갔다.

"불과 몇 달밖에 안 지났는데 다들 크게 성장했구나."

"글래디스 학원장님도 어제 교류전을 보셨나요?"

"물론이지. 스즈네는 마력을 몸에 휘감았고, 카즈키는 탁월한 마력 조작을 보였고, 우사토는…… 잘 이해할 수 없었지만, 다들 예전보다 현격히 성장했음을 바로 알 수 있었어."

왜 저만 이해 불능 취급이죠?

웰시 씨가 납득한 듯 고개를 끄덕이며 글래디스 씨에게 말했다.

"우사토 님의 기술은 마법을 자세히 아는 자일수록 이해할 수 없으니까요. 그러실 만도 해요."

"확실히 우사토의 기술은 마법사에게는 믿을 수 없는 기술이었어."

"응. 나나 카즈키 군과 마찬가지로 흉내 낼 수 없는 기술이지."

"그, 그래……."

……다 같이 동의할 필요는 없지 않나요? 글래디스 씨가 질겁하고 있어요!

"아, 아무튼 회담이 무사히 끝나서 다행이야."

"네. 이로써 저희도 마왕군과의 싸움에 집중할 수 있어요."

회담이 끝났기에 내일 우리는 링글 왕국으로 돌아간다.

돌아가서 다시금 마왕군과의 싸움에 대비해야 했다.

"싸움이 벌어지면 우리도 최대한 원조하겠어. 아무튼 마왕군의 위협은 링글 왕국만의 문제가 아니라 이곳에도 영향을 끼치니까……."

루크비스는 링글 왕국의 이웃 나라에 있는 도시다.

만약 링글 왕국이 패배하여 마왕군에게 점령되면 마왕군의 다음 목표는 루크비스가 될 것이다.

아무리 마법 수준이 뛰어난 도시라지만 아이의 비율이 높은 루크비스는 싸움조차 불가능하다.

"루크비스는 동맹을 맺은 왕국에서 보낸 물자를 운반하고 전달하는 역할을 맡게 될 거야. 그때 물자는 이쪽에서 정리하여 후버드로 보낼 테니 맡겨 줘."

"감사합니다. 그 밖에도 신경 써야 할 일이 많아서 그래 주시면 정말 고맙죠. 한 가지 궁금한 점이 있는데, 싸움이 벌어지면 여기 사는 학생들은 피난시키는 건가요?"

"응. 학생들은 피난시키거나 집으로 돌려보내게 될 거야."

거기서 일단 말을 끊은 글래디스 씨가 고민하듯 얼굴을 찡그렸다.

"그래도 떠날 수 없는 이유가 있거나 돌아갈 곳이 없는 아이도 있으니 우리 교사들은 이곳을 지켜야만 해. 싸우다가 부대에서 떨어져 나온 마족이 물자를 노리고 습격할 수도 있으니까."

마왕군과의 싸움은 무슨 일이 일어날지 알 수 없다.

상대는 어제 우리가 상대했던 것 같은 과녁이 아니라 분명하게 생각하고 행동하는 피가 흐르는 생물이다. 그러니 예상할 수 없는 행동을 하더라도 이상하지는 않았다.

"맞다. 우사토, 나크는 구명단에서 잘 지내고 있니?"

"나크요? 나크라면 건강하게 잘 지내고 있어요. 지금쯤 단장님에게 단련받고 있을지도 모르겠네요. 하하하."

"그건 과연 괜찮은 걸까……?"

"괜찮고말고요. 단장님도 나크에게는 적절히 가감하시니까요."

아직 어린 나크에게는 나나 험상궂은 면상들 수준의 훈련을 시킬 수 없기에 우리보다 몇 단계 낮은 훈련을 시행하고 있었다.

"건강히 잘 지내고 있는 것 같아서 안심이야. 루크비스에 있을 때는 그 아이에게 아무것도 해 줄 수 없었으니까……."

"귀족의 문제도 있어서 개입할 수 없었다고 하셨죠?"

"응. ……하지만 이제 걱정할 필요는 없겠지. 학원을 나갈 때 본 그 아이는 예전과 비교도 안 될 만큼 성장해 있었어. 지금도 그렇지?"

"물론이죠. 오히려 앞으로 더 크게 성장할 거예요."

구명단원으로서 나크의 인생은 이제 막 시작됐다.

앞으로 더 엄격한 훈련이 확실하게 기다리고 있겠지만, 나크라면 극복할 수 있으리라고 나는 확신한다.

내 말에 글래디스 씨는 안심한 듯 미소 지었다.

"나크도 크게 성장했지만, 그처럼 큰 성장을 보이고 있는 아이가 한 명 더 있어."

"……하르파 씨인가요?"

"하르파도 그렇지만 다른 아이야."

"다른 아이……? 혹시 미나인가요?"

"맞아. 미나 리아시아도 나크와의 승부를 계기로 새로운 목표를 향해 노력하고 있어."

"그 아이에게도 심경의 변화가 있었던 거군요……."

예전에 받았던 인상을 생각하면 상상이 안 가지만, 글래디스 씨가 이렇게 말한다면 그만큼 그 아이는 진심으로 노력하고 있는 거겠지.

……그런데 미나는 왜 노력하고 있는 걸까.

단순히 나크와 재회했을 때 싸우기 위해서 대비 중인 것인지, 아니면 순수하게 강함을 추구하고 있는 것인지.

기회가 있으면 이야기를 듣고 싶다.

얼굴을 마주한 순간, 아주 싫다는 표정을 지을 것 같기는 하지만.

*＊＊

글래디스 씨를 뵙고 난 후, 나는 합류한 아마코와 함께 루크비스의 거리를 가볍게 산책하기로 했다.

낮에는 훈련과 회담으로 자유시간이 거의 없었기에, 마지막 정도는 숨 돌리는 것도 좋을 듯해서 루크비스의 거리를 구경하며 걸었다.

"스즈네랑 카즈키는 어쩌고 있어?"

"카즈키는 대도서관을 보러 갔고, 선배는 에바와 놀고 있어."

카즈키는 뭔가 신경 쓰이는 책이 있는 것 같았다.

나는 전문적인 책을 거의 읽지 않지만, 즐겁게 지식을 축적할 수 있는 것은 대단하다고 생각한다.

"스즈네랑 에바? 뭔가 희한한 조합이네."

"내일 각자 자기 나라로 돌아가니까 마지막으로 인사하러 와 줬거든. 그래서 시간이 될 때까지 선배랑 이것저것 이야기하게 됐어."

"흐응~."

나도 같이 이야기하자고 권유받았지만 먼저 아마코와 함께 거리를 산책하기로 약속했기에 이쪽을 우선했다.

그나저나 에바가 선배와 친해져서 다행이다. 같은 여자인 만큼 할 수 있는 이야기도 이것저것 있을 테고.

"아마코는 어땠어?"

"나는 평범하게 지냈어. 키리하를 도와 집안일을 하거나, 해가 중천에 떴는데도 잠자는 쿄우를 두들겨 깨우거나 하면서."

"그, 그랬구나……."

쿄우, 아무리 휴강이라지만 낮에는 일어나자…….

"뭐랄까, 평범한 일상이었지만…… 즐거웠어."

"다행이네. 역시 키리하 남매에게 맡기길 잘했어."

"그러네. ……응?"

"……왜 그래?"

어떤 방향을 본 아마코가 입을 다물어 버렸다.

그녀의 시선이 향한 곳은 내게도 낯익은 장소였다.

"여긴, 나크와 처음 만난 곳인가……."

그가 다쳐서 쓰러져 있던 골목 안쪽 광장.

그곳에서 한 소녀가 마법을 연습하고 있었다.

그 소녀— 미나는 우리를 알아차리고 매우 싫다는 표정을 지었다.

"우사토. 저게 바로 거리에서 오거와 조우한 얼굴일까?"

"아마코, 일단 말해 두는데 오거는 거리에 나타나지 않아."

"……?"

"왜 나를 보며 이상하다는 듯 고개를 갸웃해?"

내가 오거 그 자체라고 말하고 싶은 거야? 응?

그때, 언짢은 얼굴로 미나가 이쪽을 향해 손짓했다.

"우사토를 부르고 있어."

"무슨 일이지?"

아마코와 함께 광장으로 갔다.

"……."

"……."

하지만 막상 광장에서 미나 앞에 서도 그녀는 자기 머리카락을 빙글빙글 돌리며 이쪽을 힐끔힐끔 엿볼 뿐, 대화가 시작되지 않았다.

……일단 이쪽에서 말을 꺼내 볼까.

"나크는 잘 지내고 있어."

"아, 안 물어봤거든?!"

살짝 깊이 찔러 봤더니 바로 발끈하여 대답했다.

하지만 나크의 이름을 듣고 반응은 했기에 대화를 이어가는 것은 어렵지 않을 듯했다.

"으음, 일단 내가 누군지 기억해?"

"당신 같은 괴물을 어떻게 잊어. 그리고 어제는 인간인 것 같지도 않은 움직임을 보였잖아."

"……교류전 말이야?"

"오전에 용사와 훈련했을 때를 말한 거야. 동작이 안 보이는 상대에게 어떻게 반응할 수 있는 건지 수수께끼고, 부자연스러운 자세로 가속하는 것도 수수께끼고, 무엇보다 그런 일을 벌이는 당신이 치유마법사라는 것도 진짜 수수께끼야."

빠르게 그런 말이 쏟아졌다. 뭐야? 나는 수수께끼 그 자체야?

"이해해. 이해하고말고."

뒤에 있는 꼬마 여우, 작은 목소리로 동의하지 마.

"넌 여기서 훈련 중이었어?"

"……맞아. 그럼 안 돼?"

"아니, 안 될 건 없지. 근데 왜 여기서?"

"늘 쓰던 훈련장을 못 쓰니까 오늘은 이곳을 쓰고 있을 뿐이야."

"아아, 그렇구나."

교류전이 훈련장에서 이루어졌으니 지금은 정비 중이라서 못 쓸 것이다.

왜 이런 좁은 곳에서 훈련하고 있나 싶었지만 납득했다.

이번에는 미나 쪽에서 말을 꺼냈다.

"나크는 잘 지내고 있다고 했는데……."

"응? 그래."

"나에 관해, 뭐라고 말했어?"

그걸 물어보고 싶었던 건가……?

마침 잘 됐다. 나크가 전해 달라고 한 말을 해 두기로 할까.

『나는 확실하게 성장하고 있어! 멍청히 있으면 떼어 놓고 갈 거야!』라더라."

"……뭐야, 건방져."

전언을 듣고 내게 등을 돌린 미나는 작게 그리 중얼거렸다.

그 목소리는 기뻐하고 있는 것 같기도 했다.

곧장 뒤돌아본 미나는 어쩐지 다급없는 언짢은 표정으로 입을 열었다.

"……변함없이 허술한 녀석이야. 차라리 미워하면 될 텐데."

이 일련의 대화로 미나에 대한 인식이 『솔직하지 못한 아이』로 바뀌었다.

예전 이미지와는 다른 이 아이의 언동을 의문스럽게 여기며 궁금했던 점을 물어보았다.

"넌 나크에게 했던 짓을 후회해?"

"……."

미나는 입을 다물어 버렸다.

이 아이는 나크에게 몹쓸 짓을 했지만, 나크의 이야기를 들어 보니 나크가 치유마법사라는 이유만으로 그런 것 같지는 않았다.

그랬다면 이런 표정으로 입을 다물지는 않을 터다.

십여 초쯤 침묵한 후, 마침내 미나가 입을 열었다.

"잠깐 나랑 얘기 좀 해."

"좋아. 나도 궁금했으니까. 아마코는 어쩔래?"

"얘기가 끝날 때까지 기다릴래."

셋이서 광장 끄트머리에 앉자 미나는 광장의 경치를 바라보며 입을 열었다.

"나크와 내가 소꿉친구라는 얘기는 들었어?"

"그래, 나크한테 들었어."

"그렇구나. 그럼 그 녀석이 루크비스에 들어오게 된 이유는 설명 안 해도 되겠네."

본래는 물 계통 마법에 눈떴어야 할 나크는 치유 계통 마법사로 각성하고 말았다.

그 탓에 부모에게 냉대받고 집에서 쫓겨나는 형태로 루크비스에 보내졌다고 했지. 지금 다시 생각해도 너무한 이야기였다.

"지금은 이렇지만 어렸을 때는 나크랑 자주 놀았어."

"부모끼리 사이가 좋았다지."

"……맞아."

루크비스에서 나크를 훈련시키던 시기에 그의 성장 환경과 미나 와 소꿉친구였다는 이야기는 들었다.

하지만 우리가 처음 루크비스를 찾아왔을 때, 미나는 소꿉친구였 을 터인 나크에게 그런 짓을 하고 있었다.

그 이유는 뭐였을까?

"내가 루크비스에 들어오기 1년쯤 전부터 그 녀석과 갑자기 만날 수 없게 됐어."

"혹시 나크가 치유마법사라고 판명돼서?"

"그럴 거야. 저택에 가도 만나게 해 주지 않았어. 나크의 부모는 그 녀석보다도 동생과 같이 놀라고 권했고, 마치 나크가 없는 것처럼 대해서…… 정말로 기분 나빴어."

"나크를 숨기려고 했던 건가……."

"그렇겠지. 나크 얘기를 꺼내면 바로 불쾌한 표정을 지었어."

"……상상했던 것보다 지독한 얘기네."

자연스럽게 주먹을 숨겨쥐고 말았다.

바라는 재능을 가지고 태어나지 않았다는 이유만으로 부모가 그런 짓을 하다니…….

믿었던 육친에게 배신당한 나크의 심정은 이루 헤아릴 수가 없었다.

"나크를 만나지 못해서 막막해하고 있을 때, 나크가 루크비스에 들어간다는 이야기를 우연히 들었어."

"……그래서 너도 루크비스에?"

내 말에 미나는 고개를 끄덕였다.

"학원에 들어와서 본 나크는…… 빈껍데기 같았어. 최고의 환경에서 마법을 배울 수 있는 학원에 입학했으면서, 그 녀석만 혼자 고개를 푹 숙이고 이 세상이 끝난 듯한 얼굴을 하고 있었어."

"그야, 쫓겨난 것이나 다름없으니까……."

"그때가 돼서야 마침내 나크가 루크비스에 들어온 진짜 이유를 아버지에게 들었어."

나크 입장에서는 희망이고 뭐고 아무것도 없었을 것이다.

자기 뜻과는 상관없이 집에서 쫓겨나 모르는 곳에 던져졌으니까.

"그래도 몇 번이나 말을 걸려고 했어. 하지만 나크는 주위의 모든 것을 두려워했고 나까지 무서워했어. 그때의 나는 그게…… 참을 수 없이 싫었어."

"싫었다니……."

"치유마법에 눈떴다고 그 녀석은 자신의 상황을 그저 받아들일 뿐 아무것도 안 했는걸."

아마도 그때 나크는 포기하고 있었을지도 모른다.

가장 가까운 존재였던 부모에게 외면당하고 누구도 믿지 못하게 된 것이다.

열 살이 될까 말까 한 아이가 그런 일을 겪었다면 정신적으로 피폐해지더라도 이상하지 않았다.

그렇게 생각하고 있으니, 그때를 떠올렸는지 조금 거칠어진 말투로 미나가 이야기를 계속했다.

"루크비스에서 확실하게 노력했다면 치유마법도 인정받았을 거야. 그랬다면 가망이 없다고 나크를 버린 부모도 다시 집에 불러들였을지도 몰라. ……하지만 나크는 전부 포기하고 앞으로 나아가려 하지 않았어."

"넌 치유마법사를 깔봤던 게 아니었던 거야?"

내 말에 미나는 고개를 가로저었다.

"나크가 치유마법에 눈뜨든 말든 난 상관없었어. 그저 다시 일어나 주길 원했어……."

자신의 손바닥을 바라보며 미나는 어깨를 떨었다.

"하지만 그 녀석은 계속 고개를 숙인 채 다른 사람이 내민 손을 보지도 못하고 누구에게도 도움을 구하지 않았어. 그런 그 녀석을 참을 수가 없어서, 나는······."

"생각대로 움직여 주지 않는 나크에게 화가 나서 폭력을 행사하게 된 건가."

횡포라고 할 수 있지만, 당시 미나는 열 살가량의 어린아이였다.

처음에는 좋은 마음에서 도와주려던 것이 점차 목적에서 크게 벗어나 비틀려 버렸구나.

어쩔 수 없다는 말로 넘어갈 수는 없지만, 지금 미나의 표정을 보니 책망할 수 없었다.

"언제부터인가 그게 당연해져서······ 내가······ 내가 하고 싶었던 일은, 사실은 달랐을 텐데, 정신 차리고 보니 이미 돌아갈 수 없는 곳까지 와서······ 그래서······."

"미나."

점점 냉정함을 잃는 미나를 불렀다.

하지만 그래도 그녀의 입에서 나오는 말은 멈추지 않았다.

"차라리 억지로라도 복종시켜서 우리 집에 데려가면 된다고 생각해서······ 하지만 나는 나크를 죽일 뻔했고······."

"그만 됐어, 알겠으니까. 진정해."

이대로 두면 자기 자신을 몰아붙일지도 모른다.

정신을 차린 미나는 자조적으로 웃었다.

"내가 한 일은, 너무······ 너무 몹쓸 짓이었어."

"나크는 네게 좋지 않은 감정이 남아 있긴 해도 원망하고 있지는 않을 거야."

이럴 때 확실하게 조언해 줄 수 있으면 좋겠지만, 나크와 미나의 관계는 즉석에서 생각한 말로 어떻게든 할 수 있을 만큼 간단하지 않았다.

"학원을 졸업한 후에 링글 왕국에 있는 나크한테 갈 거야?"

"나크한테 들었구나……. 솔직히 두 번 다시 만나고 싶지 않다는 말을 들을 줄 알았는데…… 그 녀석, 링글 왕국에서 나를 기다리고 있겠다고 큰소리쳤어. 믿어져? 그런 짓을 한 나한테……."

"그것도 들었어."

"……그러면 매달릴 수밖에 없잖아. 다시 시작할 수 있을 거라고는 생각하지 않지만, 포기하고 싶지는 않았는걸."

그녀의 중얼거림을 듣고 나는 무심코 웃어 버렸다.

나크, 역시 내 생각이 맞았어.

"넌 표현이 서툴구나."

"그런 건 내가 제일 잘 알아."

나크가 그랬듯 미나도 앞으로 나아가려 하고 있었다.

자리에서 일어난 미나는 나를 보지 않고 입을 열었다.

"관계없는 당신한테 얘기하니 좀 후련해졌어."

"……그래?"

"학원 사람한테 얘기하면 이상한 소문이 날 테니까, 외부인인 당신한테라면 딱 좋을 것 같았어."

그래서 쉽사리 이야기해 줬구나……. 뭐랄까, 여러모로 배짱이 두둑한 아이다.

나크를 훈련시킬 때는 아무런 이유도 없이 나크를 괴롭히는 아이라고 생각했지만, 그 상황에 이르기까지 두 사람 사이에 엇갈림이 있었다.

……그다지 멋있는 말은 못 하지만, 할 수 있는 말은 해 볼까.

하고 싶은 이야기는 다 했는지 재차 훈련으로 돌아가려고 하는 미나를 불렀다.

"네가 나크를 괴롭혔다는 사실은 지울 수 없어. 너는 나크를 학대한 끝에 그 아이의 목숨을 위태롭게 만들었어."

"……"

"하지만 앞으로는 다르겠지."

미나는 이쪽을 보지 않고 희미하게 어깨를 떨었다.

"너도 나크도 아직 어리고 앞으로 긴 인생을 살 거야. 그렇다면 시간을 들여도 좋으니 서로에게 한 걸음씩 다가가 보는 것도 좋지 않을까."

두 사람이 엇갈렸던 시간은 미미한 수준이다. 그것을 만회할 시간을 이 아이들은 넘치도록 가지고 있을 터다.

내 말에 눈을 동그랗게 뜬 미나는 어이없다는 듯 미소 지었다.

"진짜, 스승과 제자가 허술한 점까지 똑같네."

"뭐, 나크는 내 제자니까. 닮는 건 당연하지."

나도 로즈를 닮았다는 말을 자주 듣는다. 주로 분위기나 얼굴 쪽이지만.

"얘기 들어 줘서 고마워."

"힘이 됐다니 다행이야."

그렇게 대답하자 퍼뜩 뭔가를 깨닫고 뺨을 붉힌 미나가 내게서 시선을 돌렸다.

"그리고, 나크한테 이 얘기는……."

"그래, 알고 있어. 입 다물고 있을게."

"응…… 그럼 난 훈련하러 돌아갈게."

안심하여 어깨에서 힘을 뺀 미나는 내게 등을 돌리고 광장 중심으로 걸어갔다.

나도 그녀에게 방해되지 않게 아마코와 함께 그 자리를 떠났다.

"나크와 미나한테도 이런저런 사정이 있었구나."

"그렇지. 어쩌면 두 사람이 사이좋게 학원 생활을 보낼 수 있었을지도 몰라."

"그러게."

생각지도 못한 재회였지만 결과적으로는 좋았다.

그렇게 생각하며 골목을 꺾자 아마코가 내 단복 소매를 잡아당겼다.

"그러고 보니 아까 우사토, 얘기하는 게 아저씨 같았어."

"커헉……!"

돌아본 순간, 아마코가 강렬한 일격을 먹였다.

확실히 살짝 아저씨 눈높이에서 이야기했지만, 면전에서 지적당하니 여러 가지로 타격이 있었다.

낭패감을 느끼고 있는데, 여관에 있을 터인 웰시 씨가 허겁지겁 이쪽으로 달려오는 것이 보였다.

"어라, 웰시 씨?"

"무슨 일 있었나요?"

웰시 씨는 여기까지 전력으로 달려왔는지 말도 못 할 만큼 숨을 헐떡였다.

"웰시 씨, 괜찮으세요?"

"크, 큰일, 났어요……!"

숨넘어갈 듯한 상태인 웰시 씨에게 치유마법을 걸었다.

허둥거리는 모습이 심상치 않았다.

불길한 예감을 느끼는 내게 호흡을 가다듬은 웰시 씨는 험악한 표정을 말을 꺼냈다.

"조금 전에 링글 왕국에서 후버드로 전령이 도착했어요! 국경 부근에서 마왕군의 정찰대로 보이는 형체를 확인했다고 해요!"

"……?!"

웰시 씨의 말에 잠시 아무런 반응도 할 수 없었다.

살의와 공포가 가득했던 전장의 풍경이 떠올랐다.

나는 다시 한 번 그곳을 달려야만 한다.

어느새 주먹을 움켜쥔 내 손에 아마코의 손이 덧대졌다.

그녀 쪽을 보니 나를 걱정하며 올려다보고 있었다.

아마코의 시선을 받은 나는 각오를 다졌다.

"─다시 시작되는구나."

평온한 일상의 끝.

마왕군과의 싸움이— 죽음과 인접한 전장이 찾아온다.

⚜️막간 싸움의 행방을 생각하며

인간들과 싸울 준비가 끝났다.

그 보고를 받은 나는 바로 군단장 두 명을 불렀다.

"진군 준비가 끝난 것 같군."

""예!""

어둠 계통의 마법을 다루는 남자, 제2군단장 코가 딩갈.

다른 한 명은 내가 새로 임명한 제3군단장 한나 로미아.

눈앞에 무릎 꿇은 두 사람을 내려다보며 나는 이제 막 군단장이 된 한나에게 말했다.

"제3군단장 한나 로미아. 너는 군단장에 취임한 지 얼마 안 됐는데 문제없겠나?"

"예, 마왕님의 기대에 부응할 수 있도록 전력으로 군단장 임무에 힘쓰고 있습니다."

아미라의 후임으로서 제3군단장으로 임명한 한나는 원래 제3군단에 소속된 자였다.

링글 왕국을 향해 두 번째로 진군했을 때, 환각을 보여 주는 마법으로 링글 왕국의 기사를 조종하여 자중지란을 일으켜 전선에서 버텼다.

수단을 가리지 않는 그 냉철함과 탁월한 마법 재능은 군대를 맡기 적합하다고 판단하여 그녀를 제3군단장으로 임명했다.

"그럼 전력의 구성을 확인하도록 하지."

"알겠습니다. 제2군단장, 괜찮겠습니까?"

"그래."

코가의 대답에 고개를 끄덕인 한나는 몇 초 간격을 두고서 말을 꺼냈다.

"먼저 전투 기반은 보병 부대와 마물을 전력으로 이용하는 부대입니다."

"마물은 어떤 종을 쓸 수 있지?"

"비룡 와이번. 그랜드 그리즐리만큼 흉포한 마물인 그로우 울프. 휴루르크 박사가 만든 마조 몬스터 바르지나크와 그것의 대형 개체를 쓸 수 있습니다. 후방 부대에는—."

한나는 부대 구성을 물 흐르듯 간결하게 설명해 나갔다.

대략적인 설명을 모두 들은 나는 턱을 짚고 정보를 정리했다.

"현재 준비할 수 있는 전력으로서는 충분하다고 할 수 있군. 이 이상의 전력을 바라면 오히려 이쪽의 목을 조르게 되겠지. 코가, 한나, 용케 이만큼이나 군대를 정비했구나."

진심에서 우러나온 찬미의 말을 두 사람에게 보냈다.

"감사합니다! 저는…… 이제 여한이 없습니다!"

"……지금 네가 없어지면 곤란하다만."

"제가 필요하다는 말씀이신지요?!"

"……그래, 됐다."

최근 들어 부하를 어떻게 다루면 되는지 좀 알 것 같았다.

감동하여 떠는 한나를 어이없게 바라보는 코가가 우리 마왕군의 양심으로 보였다.

……이야기를 진행하자.

"알고 있겠지만 나는 이곳에서 움직일 수 없다."

"……네, 우리 마족은 마왕님 덕분에 연명하고 있는 것이나 다름없으니 심려치 마십시오."

코가의 말에 나는 잠시 눈을 감았다.

내가 용사의 봉인에서 깨어났을 때, 마족이 사는 대지는 죽어 가고 있었다.

작물을 키워야 할 토양에 양분은 거의 남아 있지 않아서 먹을 수 있는 것도 한정적이었다.

마족의 현 상황을 목격한 나는 동포를 살리기 위해 술법을 써서 죽어 가던 대지에 은총을 내렸다.

하지만 술법을 유지하려면 마력을 계속 주입해야 해서 나는 이 성에서 움직일 수 없게 되었다.

"싸우러 가는 동포를 그저 보고만 있어야 한다니, 정말이지 답답한 노릇이군. 수백 년 전에는 맛본 적 없었던 감정이다."

"원래 같았으면 싸울 수도 없었을 마족이 싸우고 있습니다. 그것만으로도 마왕님께 충성을 맹세할 이유가 됩니다."

"그렇게 말해 주는가, 코가."

동포를 살리고 싶다면 인간 측에 조력을 부탁하는 것이 옳다.

하지만 수백 년 전에 마왕군이 인간을 상대로 온갖 포학을 부린 과거가 있는 한, 그것은 허락되지 않을 것이다.

인간에게 용사는 영웅이고 마족은 절대적인 악이다.

일찍이 야망을 좇아 인간들에게 싸움을 건 내 행위가 그렇게 만들었다.

그렇기에 나는 다시 마왕으로서 마족에게 힘을 빌려주기로 했다.

"……혹시 모를 상황에 대한 대비는 이쪽에서 해 두겠다. 너희는 마음껏 싸우고 승리를 거머쥐어라."

"“예!”"

코가와 한나가 그렇게 대답한 순간, 알현실의 문이 조용히 열렸다.

시선을 보내자 그곳에 너덜너덜한 로브를 두른 남자가 서 있었다.

아무렇게나 기른 칙칙한 금발과 관리 안 된 수염, 마족 특유의 뿔과 갈색 피부. 로브 틈으로 보인 어깨 부분에는 검은색 갑옷을 착용하고 있었고, 허리에는 칼집에 넣은 장검을 차고 있었다.

그 남자를 시야에 담은 나는 두 손을 벌려 방문자를 환영했다.

"잘 돌아왔다, 네로."

"제1군단장 네로 아젠스. 늦게나마 소집을 받고 달려왔습니다."

이 시대와는 어울리지 않을 정도의 재능과 기량을 가진 남자이자, 제1군단장이라는 지위가 결정되어 있었던 실력자.

내가 봉인에서 깨어나기 전에 강적을 상대하고 부상을 입은 그는 오늘 이날까지 상처를 치유하기 위해 요양하고 있었지만—

"오랫동안 전선에 복귀하지 못한 자신의 부족함이 부끄러울 따름입니다."

"됐다, 너에 관해서는 잘 이해하고 있으니. 네로, 어깨의 상처는 다 나았는가?"

"……! 저의 마검은 빛을 잃지 않았습니다. 수련 끝에 더 높은 경지에 이른 기금, 당신의 필널이 되어 온갖 장애물을 베어 낼 것을 맹세합니다……!"

조용하면서 힘 있는 선언에 나는 입가를 작게 비틀었다.

"그렇다면 많은 말은 필요 없다. 싸워야 할 곳으로 가서 숙원을 이뤄라."

"말씀 받들겠습니다."

그는 깊이 인사하고서 내게 등을 돌리고 왔던 길을 돌아갔다.

"코가, 한나. 너희도 진군에 대비하여 쉬어라."

""예!""

코가와 한나가 알현실에서 떠나는 것을 지켜본 나는 옥좌에 등을 기댔다.

"복수심…… 아니, 저건 집착이라고 해야 하나."

아마도 네로는 링글 왕국 침략에 그다지 관심이 없을 것이다.

그가 추구하는 것은 자신을 굴복시킨 숙적과의 결판. 오로지 그 목적만을 위해 내가 부활한 이후 몇 년간을 요양과 단련에 썼다.

하지만 그것도 좋겠지.

그 힘은 현재 마왕군에서 정점에 서 있었다.

"마, 마왕님, 음료입니다."

"……그러고 보니 네가 있었군, 시엘. 너무 조용해서 있는 줄도 몰랐어."

지금까지 한마디도 하지 않았기에 존재를 잊어버렸지만, 이곳에는 나 말고도 전속 시녀인 시엘이 있었다.

"구, 군단장님들 앞이라 긴장해서 그랬습니다. 게, 게다가 제1군단장 네로 님까지 오실 줄은 몰라서……."

"너는 나보다도 군단장을 상대하는 것이 긴장되는가?"

어쩔 줄 모르며 동요하는 시엘을 흘낏 보고 음료를 집어 들었다.

아무리 생각의 나래를 펼친다 한들 현재 상황에서는 지켜볼 수밖에 없다.

그것이 나를 봉인한 녀석의 의도인지는 알 수 없으나 지금은 어찌 되든 좋았다.

"내가 움직일 일이 없기를 기도할 수밖에."

싸움의 행방은 이 시대를 살아가는 자들에게 맡겨졌다.

그렇다면 그때가 올 때까지 나는 여기 앉아 기다릴 뿐이다.

치유마법의
잘못된 사용법
~전장을 달리는 회복 요원~

스즈네

▲정장

Character Design

カズキ

▲정장

아마코

▲사복

▲로브 착용

에바

▲외출복

나이아

▲사복

▲정장

카일

▲정장

하이드

▲통상복

▲정장

프라나

▲사복

▲망토 착용

치유마법의 잘못된 사용법 9
~전장을 달리는 회복 요원~

초판 1쇄 발행 2020년 5월 20일

지은이_ KUROKATA
일러스트_ KeG
옮긴이_ 송재희

발행인_ 신현호
편집부장_ 윤영천
편집진행_ 김기준 · 김승신 · 원현선 · 권세라 · 유재슬
편집디자인_ 양우연
국제업무_ 정아라 · 전은지
관리 · 영업_ 김민원 · 조은걸 · 조인희

펴낸곳_ (주)디앤씨미디어
등록_ 2002년 4월 25일 제20-260호
주소_ 서울시 구로구 디지털로 26길 111 JnK디지털타워 503호
전화_ 02-333-2513(대표)
팩시밀리_ 02-333-2514
이메일_ lnovelpiya@naver.com
L노벨 공식 카페_ http://cafe.naver.com/lnovel11

CHIYUMAHO NO MACHIGATTA TSUKAIKATA ~SENJO WO KAKERU KAIHUKUYOIN ~Vol.9
©KUROKATA 2018
First published in Japan in 2018 by KADOKAWA CORPORATION, Tokyo.
Korean translation rights arranged with KADOKAWA CORPORATION, Tokyo.

ISBN 979-11-278-5547-5 04830
ISBN 979-11-278-4277-2 (세트)

값 9,800원